Herbert Achternbusch
Ich bin ein Schaf

Herbert Achternbusch

Ich bin ein Schaf

Memoiren

Goldmann Verlag

Umwelthinweis:
Dieses Buch und der Schutzumschlag
wurden auf chlorfrei gebleichtem Papier gedruckt.
Die Einschrumpffolie (zum Schutz vor Verschmutzung)
ist aus umweltschonender und recyclingfähiger PE-Folie.

Der Goldmann Verlag
ist ein Unternehmen der Verlagsgruppe Bertelsmann

1. Auflage

Satz: Uhl + Massopust, Aalen
Printed in Germany
Hofmann-Druck, Augsburg GmbH
ISBN 3-442-30685-X

Ein Schaf sondert sich ab

Ich bin ein Schaf. Meine Weide ist mein Leben. Spärlich, kein Gras. Ein einsames Schaf ist allein. Kein Vorderschaf, also kein Herdentrieb, also keine Richtung. Also kein Futter, keine Hoffnung, kein Sinn und keine Behaglichkeit. Soweit kommt es nicht, daß ich meine Wolle als Luxus ausgebe, weil sie mich vor Regen und Kälte schützt. Und ein Schaf ohne Wolle gibt es gar nicht. Das ist ja dann ein hochgestelltes Schwein. Schauen Sie sich ein geschorenes Schaf an, dann wissen Sie, was ich meine. Ich bin ein Schaf!

Beim Sonnenuntergang werden meine Beine lang. Das kommt davon, daß das Gras so weit weg ist. Wenn eins vorhanden ist! Und wenn es vorhanden ist, ist es vom Tag ausgelaugt. Es ist trocken und geschmacklos. Soll ich denken: Bis es vom Tau aufgefrischt ist, bin ich verhungert? Auch macht mich der rote Sonnenuntergang schwarz. Ich fühle das Blut auf der Haut. Blutgetränkte Wolle ist schwer zu tragen. Ich weiß nicht, wie es da den Menschen geht. Sie machen einen unbedenklichen Eindruck. Bin froh, wenn sie weg sind und fern in ihren Behausungen im Tal unten poltern.

Nächtens stehe ich im trockenen Bachbett, weil der kühle Wind durchsaust. Ich schlafe dann nicht und ertrage den großen Menschen am Himmel. Das geht. Doch unter mir, wenn ich doch eingedämmert bin, ist ein unzufriedenes Gezappel zu bemerken, weil sich ein Tourist unter mich gegraben hat und von diesem Menschenantlitz am fürchterlichen Firmament genug hat und vielleicht auch hungrig ist, um unter mir Zuflucht und ein geschlossenes Gefühl zu erträumen. Aber ich kann nicht dienen, denn ich habe kein Euter, auch daß er das nicht riecht! Hat er denn keine Mama gehabt, daß er sich jetzt so tölpelhaft benimmt? Wie der Pfarrer vielleicht, vom Ort unten?

Ich weiß nicht, wie ich erst heute darauf komme, daß der Tourist unter meinem Bauch bei Vollmond doch ein Einheimischer ist. Nämlich der Pfarrer. Denn woran ich schon so oft vorübergewandert bin, daran hängt dieser nächtliche Feigling auf seinem Schaubalken inmitten der Berge und tut, als könnte er fliegen. Mir macht er mit seiner Adlergebärde keine Angst. Verkriech dich nächtens nicht unter einem Schaf, dann mußt du dich tagsüber nicht mehr diesem Wettfliegen stellen. Manchmal, wenn ich nicht aufpasse, umarmen mich Kinder. Das sind die, die nicht zurückkehren an die Gipfelkreuze, an denen ich mich manchmal schabe.

Da oben steh ich oft auf einer schmalen Kante an der schwarzen Felswand. Die Föhre winkt dann, hochzukommen. Ich komm gleich hoch. Wenn ich nämlich diese letzte Barriere schaffe, die ich noch nie geschafft habe, kann ich auf dem weichen Grasbuckel die Gräschen knabbern, die mich doch immer anlocken. Also wieso sich über Allgemeines unterhalten, wenn es bei mir Persönliches gibt. Hier bin ich nämlich wirklich allein. Da kann mir kein Mensch um den Hals fallen, und es ist nur gut, daß es nie umgekehrt stattgefunden hat. Das Leben interessiert sich eben nicht für die Kunst. Warum soll ein Mensch ohne Kopfinhalt nicht mit drei Köpfen rumlaufen?

Dann falle ich immer in das Wasser, das aus dem Felsen springt.

Ob das nun eine Ziege war, ist keine Frage. So was gibt's bei uns Schafen nicht. Haben andere Böcke ein dickes Geschlecht, geht die Wolle mit. Während die anderen ihre Duftnoten setzen und das Horn wetzen, schlecke ich an ihrem Geschlecht und beiße die Haare weg, was ihr gefällt. Sie ist immer die eine und immer unsterblich. Einen Moment lang. Dann schwöre ich mir, sie nie mehr zu sehen. Wenn ich sie wiedersehe, freue ich mich, und wir machen uns gleich ans Kindermachen. Hernach frage ich mich schon mal, ob das die gleiche war. Dann liegen die Kinder rum, weiß und nett. Sie werden gegessen, oder sie werden dreckig. Doch ist für die längere Zeit das Alleinsein schön. Wie alles daliegt.

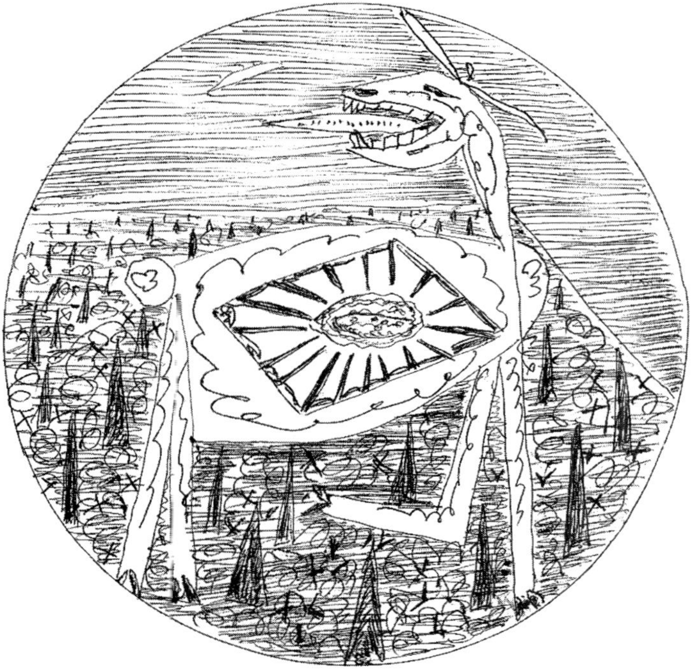

Ein Schaf sei langweilig. Dann schauen Sie sich doch einmal das Gras an, das das Schaf sich jeden Tag anschickt zu verschlingen, wie langweilig das ist. Doch am langweiligsten ist mir in meinem Herzen, das frei schwebend in meinem Leib, von allen Gefahren gerade dieses Leibes bedroht, den es in Schwingung hält, sich nur deswegen nicht zu Tode langweilt, weil es diesen Leib zu bedienen hat, der nichts anderes weiß, als dieses sein Herz zu bedrohen. Sähe das Herz, was ich Tag für Tag sehen muß, es erstürbe sofort. Mein Herz, ich bin nicht würdig, daß du hervorgehst aus meinem Dach, aber sprich nur ein Wort, so wird meine Seele gesund. Aber das Herz spricht nicht mit mir. Mir bleibt nur die Traurigkeit und das Gras. Und dem Herz bleibe nur ich. Welche Qual!

Vor den Jägern habe ich nichts zu befürchten, sie machten sich nur lächerlich mit einem toten Schaf. Und die Bauern haben keine Schußwaffen. Mit Stöcken kommt mir ein einzelner nicht bei. Einer hat sich eingebildet, ich sei seiner Herde abhanden gekommen. Er verfolgte mich, stürzte ab, schleppte sich in seine Hütte zurück, in der er verendete. Selbst die engstirnigen Bauern gaben mir nicht die Schuld. Aber wenn sie mich zu dritt überraschen und scheren, dann bin ich nackt wie so ein Tourist. Die Touristen sind aber lang nicht so geil wie die Leute, die tagsüber an den Hölzern hängen und nachts zu fürchten sind wie Raubtiere. Nackt spüre ich mein Herz, und es wärmt mich wie aus Wolle.

Schafe zu unterscheiden ist Rassismus. Ist doch klar, daß manche mehr mit ihrem Fettsteiß denken als mit ihrem Kopf. Aber einen Unterschied im Ergebnis sehe ich nicht. Es gibt auf jeden Fall genug Schafe, die denken. Wollen Sie feststellen, mit welchem Körperteil ich feststelle, daß sich die Berggipfel biegen, ich die Bäume gar nicht feststellen kann, und sich die Wiese, auf der ich liege, in eine Matte verflochten hat? Wenn Sie sagen, es ist bis in die Stratosfäre heiß, dann denke ich nur mit meinem Fell an so heißen Tagen. Sagt ein schwitzender Tourist, er habe seinen Wollpullover vergessen, und lacht, so verstehe ich ihn nicht, diesen Witz.

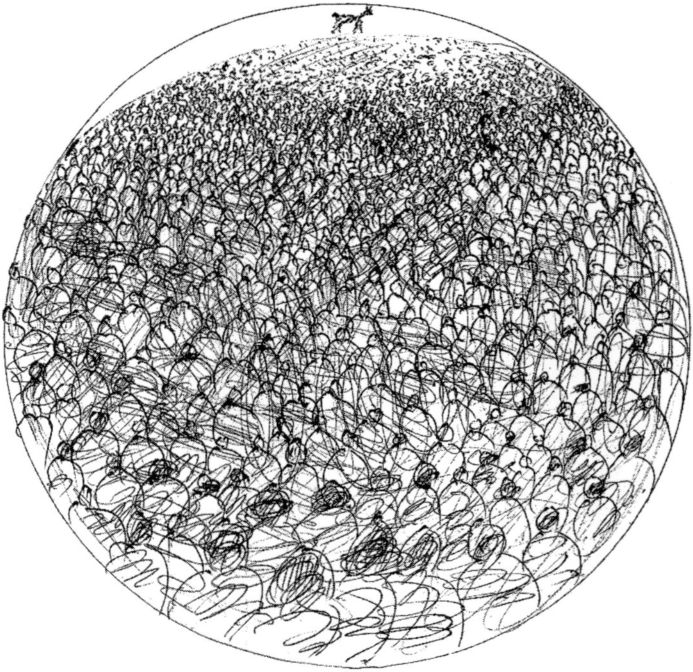

Da mich die Wölfe nicht von einer Herde trennen können, kommen sie nicht in Jagdfieber und lassen mich in Ruhe. Wenn ich nicht ein Schaf wäre, wüßte ich mein Leben gar nicht zu erzählen. Was sollte man mit allem wenigen anfangen, wenn man kein Schaf wäre? Wie es erzählen ohne den Duft der Wolle? Draht zwischen den Zehen. Je näher mir die Touristen kommen, desto deutlicher sehe ich sie. Sie mögen mir ihre Gesichter hinhalten, mit den Zügen darinnen, die ich weiß nicht woher kommen, und vielleicht wo hinfahren. Manchmal stehe ich im Regen nahe einer Tanne, und die Touristen sagen: Schau, ein Stein. Steine gibt es ja nun wirklich in den Alpen. Und sie sagen: Der Stein schaut aus wie eine Kröte. Nein, wie ein Schaf! So haben sie ihren Spaß mit ihrem Stein. Wenn da einer Feuer schreit –

Erste Veränderungen

Ein Schaf werd ich nie! Ein Schaf werde ich nicht. Das sagt man so leicht, ohne zu wissen, was sich entpuppen wird. Dann ringt man mit der Wahrheit: Die schrecklichen Stunden sind schrecklicher als die schönen schön sind, und länger. Oder sagt man besser: aber kürzer, dafür einprägsamer? Oder sind doch die schönen Stunden einprägsamer? Ein Künstler der Menschen ist, sagte ich mir, der von der Wahrheit nichts hält. Aber das sag einem einsamen Schaf, das von seiner Einsamkeit nichts hält und hofft und denkt, hoffentlich werde ich kein schwarzes Schaf. Und genau das tritt ein. Und genau das kann das schwarze Schaf nicht fassen.

Ich liebte sie unterdrückt, und lange hatten wir uns nicht gesehen, da sie endlich wieder da war und sich, ausgeschlafen, schön machte. Da sagte sie um halb zwei, daß sie um halb vier zum Arzt müsse und anschließend zu einem anderen Mann, um Liebe zu machen. Zwei Stunden versuchte ich sie in Gedanken von den zwei Männern abzuhalten. Ich strengte mich so an in meinem Kopf, ein Zauberwort zu finden, das bis zum Schluß nicht kam, als die Panik bereits durch mich wirbelte und den Tod annehmbar, ja wünschenswert machte. Sie ging und kam nie mehr. Ich habe versagt. Ich habe versagt. In keinem Hungerturm aller Welten würde sie mir die Not ersetzen.

In den Gemeinschaften geht es immer um den Vorteilsknochen. Während die Kinder im Himmel baden, und vielleicht Schafe werden, haben es die Eltern mit sich zu tun. Ja, hätten sie doch mit sich zu tun! Sie belauern sich, verachten sich, möchten sich gegenseitig umbringen oder doch, um den Anschein von Hilfestellung zu wahren, möchten sie sich die Zähne ausreißen, angeblich kranke, aber doch am liebsten die gesunden, damit es echt wehtut und ein Dauerschaden bleibt. Und dann klagen sie: Es ist nie wieder das geworden, was es war. Und sie sind unfähig zu sagen: Wie es nie war. Oder meinen sie, als sie als Kinder badeten?

Manche Vögel sind flach, die am Wasser. Und die Kuh kennt ein jeder. Daß die Krähen Krach machen, was soll's. Aber daß da auch noch diese großen Felsen im Wald lebendig werden sollen und auf Steinbeinen herumtorkeln, nein, danke. Wie soll auch aus dem Moos auf den Steinen ein Fell werden, denn daß jemand friert im Winter, will doch keiner. Das Schaf ist schon das einzig Richtige für diese Gegend. Ich bin das einzig Richtige für diese Gegend. Aber daß es nur Schafe geben soll in dieser Gegend, etwa so, wie die Ebenen und die Täler vollgestopft sind mit diesen lärmenden und stinkenden Menschen, lieber nicht.

Manchmal sagt man, eine Katze sei für ein Schaf das Schönste in der Liebe. Ich kann da nicht mitreden. Was weiß ich, was von Italien nach dem Erdbeben übrigblieb, das Italien in der Quere durchgerissen haben soll. Ob es die Sahara gibt, damit man die Leute südlich der Sahara in Europa nicht schreien hört, was weiß ich, bin ich ein Stier, der immer den Kopf so hebt und in die Welt hinauslauscht?! Ich habe meine Freude am Alleinsein und bin den ganzen Tag damit beschäftigt, mein Leben zu unterhalten. Ich hatte nie Zeit, einen Wollpullover an- und auszuziehen. Was andere Zeit vergeuden, sich nur zu unterhalten.

Von Jugoslawien habe ich nie wieder was gehört. Das Wasser wälzte auf einmal heran, dort, wo vorher gar nichts war. Das war ein Lärm und eine Finsternis. Zuerst dachte ich, der Lärm und die Finsternis seien Tiere, die ich nicht kenne und die nun in meinem Leben auftauchen. Aber es blieb alles beim alten. Man hört, daß anderen Schafen die Wolle ausgeht. Solange das mich nicht betrifft, fürchte ich mich nicht davor. Schließlich habe ich alle anderen Schafe verloren. Wenn sie durch die Nacht drängeln und blöken, empfinde ich sie nur als Störenfriede. Meinetwegen muß es keine weiteren Schafe mehr geben. Nur Gras, immer nur Gras, das brauche ich.

Wenn es mir weh tut am Bauch, spreize ich die Hinterbeine, ducke mich und streife meinen Sack über Heidelbeersträucher, bis es nicht mehr weh tut. In der Nacht träume ich von einer schwarzen Katze. Die schleckt mit ihrer himbeerzarten Zunge über meine Nase oder tupft mit einer ihrer Tatzen nach meinen Haaren in der Nase, was derart juckt, daß ich aufwache. Dann ist aber keine Katze da. Sitzt mir ein Luchs gegenüber, gehe ich mit steifen Beinen auf ihn zu, nur einen Willen, ihn mit meinen Beinen zu erschlagen und sofort aufzufressen. Ergreift er die Flucht, rase ich in die entgegengesetzte Richtung davon. Das Herzklopfen dann!

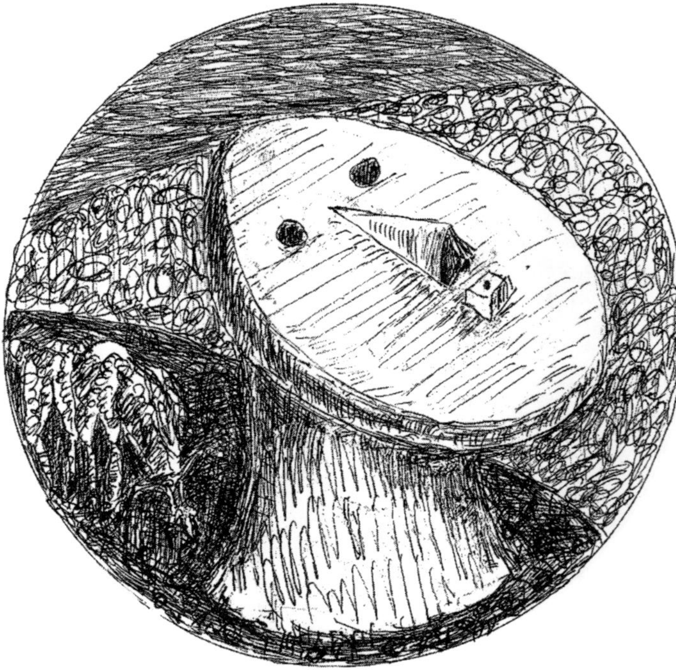

In den letzten Tagen grase ich um einen Stein herum, den man Shakespeare nennt. Er ist riesengroß und muß in seinem Leben auch seine Herde verlassen haben. Aber er ging nur inwendig weg und führte sich äußerlich mehr auf denn jeder andere. Ich kann mir das nur mit meiner Wolle vorstellen: Ich laufe immer allein herum. Dann stiehlt man mir die Wolle, und ich bin bei den anderen. Ich gewähre mir diese Gedanken, hänge aber nicht an ihnen. Auch bin ich froh, daß ich keine Ziege bin. Einmal das Gehüpfe, dann keine Wolle und immer die wählerische Wahl, da ein Kräutlein, dort eine Unbescheidenheit. Ich mag Gras.

In der Nacht schlafe ich im Tannendickicht. Die hohen Tannen säuseln, und da höre ich dann gerne hinein. Aber ich wollte ja von einem schwarzen Pullover erzählen, vielmehr von dem Mann, der ihn trug. Er hielt sich nachts am Waldrand auf, und ich wußte auch nicht, was ich von ihm halten sollte. Er machte einen Eindruck, daß ihn nichts interessierte. Nie kam seinesgleichen zu ihm. Er sah den Gräsern zu, und ich möchte wohl meinen, daß er mit den Augen das Gras frißt. Er kam mir nie so nah, daß ich mein Nachtlager wechseln mußte.

Noch heute denke ich an ihn, wenn mir auch nach früher ist.

Auch im Winter kam der junge Mann und sah sich den Schnee an und alles. Er mußte wohl irgendwohin, wo es das alles nicht gab. An solchen Tagen hielt ich es den ganzen Tag aus in einer Lage. Die Rehe treibt dann die Unruhe umher. Sie ängstigen sich auch über ein jedes Knistern eines Astes. Und dann scharren sie im Schnee nach was Eßbarem. Ich trotte nach Einbruch der Dunkelheit zum nächsten Bauernhof, weil sie bei der Tierfütterung immer etwas verlieren. Die Hunde wollen mir nichts. Obwohl ich völlig wild lebe, muß ich immer noch keinen Wildgeruch haben. Das unangenehme Licht aus den Fenstern!

Schwarzpullover

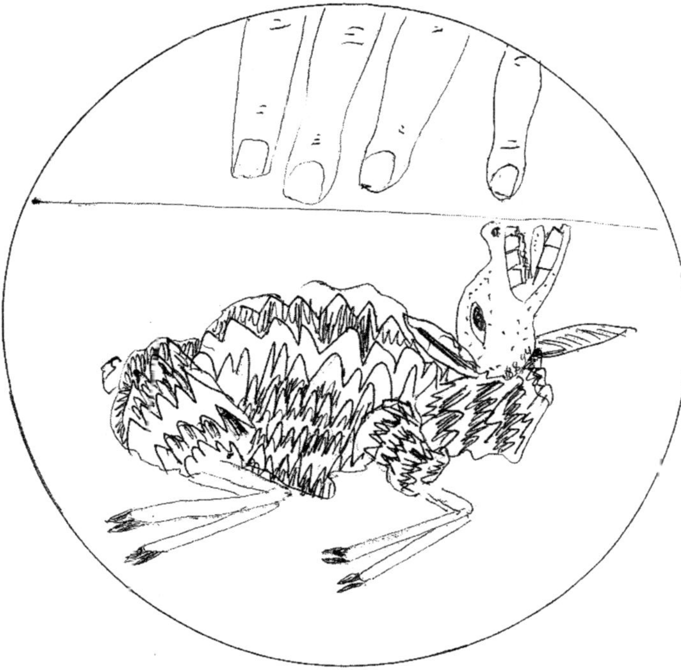

Ganz selten passiert es, daß mich jemand berührt. Die Touristen nehmen zu Berührungen die Vorderbeine, das macht angst. Sie sollten die Nase nehmen, die Zunge, dann dächte ich nicht, es ginge um Leben und Tod oder Fortpflanzung, oder eben um meine Wolle. Manchmal grase ich um die Reste der Touristen. Es interessiert mich nicht, und einen Lippenstift holte endlich die letzte Elster. Eine Hand wollte niemand, nicht einmal die Ameisen. Der Schnee deckte sie zu. Im nächsten Frühling mied ich die Gegend. Als ich im Herbst guter Dinge wieder vorüberkam, lag die Hand immer noch da, allerdings in einem tröstlicheren Aussehen.

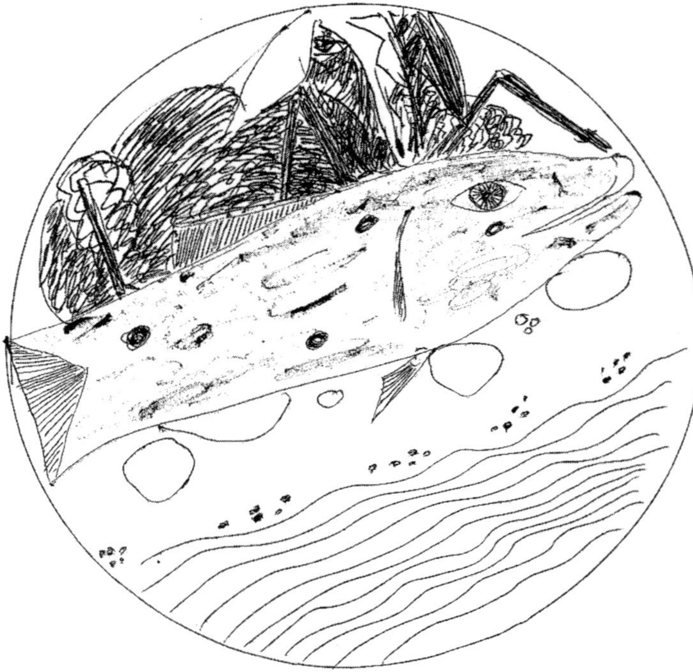

Ruhe mit einem Fisch am Strand. Hat er mehr Zeit als ich? Er ist still und glänzt. Ich bewege nur das Unterkiefer, jahraus und jahrein. Ich habe mir sagen lassen, daß da ein Zusammenhang sei. Zwischen Alleinkauen und Wolle. Ohne Alleinkauen könne die Wolle nicht wachsen. Wenn ich das Gras fresse, bin ich nie allein, das Gras ist ja da und durch mein Zuntun auf dem Weg in mich hinein. Das ist ein munterer Vorgang, freu mich auf ein jedes nächste Gras und hab es eilig. Das ist Leben, und davon kann ich nicht ablassen. Beim Alleinkauen, sehe ich erst die Gegend oder den Fisch, der nicht mehr so glänzt. Der ist die Ruhe selbst.

Es sollte in der Gegend, in der ich bin, auch Italien sein. Es sollte in der Gegend auch Afrika sein, wegen der Augenweide, die sehr dürftig ist. In Italien soll es Hirten geben, das sind solche, die auf unsereins in Herden acht geben. In Afrika, habe ich mir sagen lassen, sind diese Achtgeber sogar schwarz und stehen auf einem Bein. Ich bin noch nie auf einem Bein gestanden. Als es noch Jugoslawien gab, soll ein Hirte auf ein Schaf achtgegeben haben. Da muß dann ein Schaf machen, was der Hirte will. Auch wenn ich nie mache, was ich will, möchte ich doch nicht machen, was ein anderer will. Eine Hirtin für mich gibt es wohl nicht.

Eines Tages kam der junge Schwarzpullover, als er kein Kind mehr war, in den Wald und schüttete ein Glas mit schwarzer Flüssigkeit auf einen kleinen Felsen, Tinte, habe ich mir sagen lassen. Solche Felsen soll es aber auch himmelhoch geben, und sie sollen hier überall herumstehen. Wo kein Gras mehr wächst, da hört mein Wissen schnell auf. Er habe den Felsen erobern wollen, hörte ich sagen. Ich weiß schon, um welchen Felsen es sich handelt, in seiner Nähe juckte mich mal besonders was am Bauch. Die Tinte. Er blieb nie lange im Wald, als hätte er Angst, man könnte ihn vergessen.

Wehe dem, der im Herbst geschoren wird! Wenn das Licht in den Schluchten nur noch kurz aufzischt. Und die Kälte nur noch herumschleicht und schließlich steht. Da heißt es, die Verstecke verlassen, denn wer weiß, wann im Sommer einen die Diebe schon ausgemacht haben. Ich renne dann die Straßenränder lang und hoffe, daß die Polizei sofort die Diebe faßt, falls sie mich auch hier in aller Öffentlichkeit bedrängen möchten. Einmal schoß man aus einem Autofenster auf mich. Wofür hielten die mich? Für einen Türken? Aber nun sind die Straßen leer und werden leer bleiben, bis der erste Schnee fällt, dann verstecke ich mich wieder.

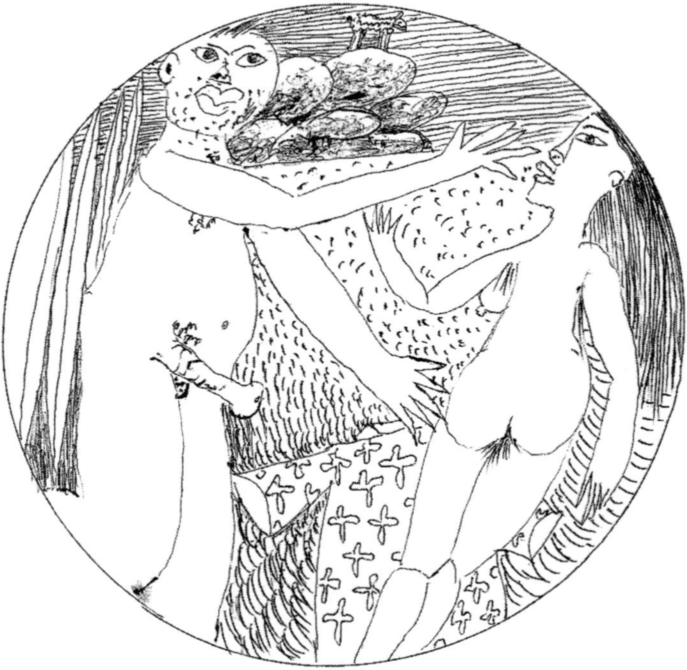

Solche überfallen einen. Er fesselt die Beine, sie hält einem die Schnauze zu. Er raubt die Wolle und fügt die Schmerzen zu. Dann hat sie einen Sack, in den sie die Wolle stopft. Er trägt den Sack. Wenn sie vergessen, einem die Fesseln zu lösen, dann kann es lange dauern. Man stinkt nach Blut. Man ist den Fliegen ausgeliefert. Man ist der Schmerz. Das Geschlecht regt sich zuletzt, und der Samen klebt am eigenen Bauch. Mit dem letzten Sonnenstrahl fliehen schnell die Fliegen. Jetzt ist man wirklich allein, weil man nicht bei sich ist. Da entdeckte ich einmal, daß der Himmel kaputt ist und aus unzähligen Löchern das Licht sticht, das einen nicht erreicht. So einen nennen sie Vater.

Das erste Mal rettete mich in meiner aussichtslosen Lage der Schwarzpullover. Er nahm mir die Fesseln ab und zog mich in eine Höhle. Ich wußte nicht, daß es so etwas gibt, und ich weiß nicht, ob es so etwas geben soll. In der Höhle gab mir der junge Mann seinen Pullover. Zum Dank stand ich, so gut wie es ging, auf zwei Beinen wie er. Die Nacht war weiblich, und so gerne sie uns verbinden wollte, es gelang ihr nicht. Der doofe Geschlechtstrieb verhinderte sogar, daß wir uns in der Kälte aneinanderkuschelten. So gab ich ihm im Morgengrauen den Pullover zurück. Ich rannte wie verrückt, damit mir warm blieb. Aber irgendwie war es schön gewesen. Sein Penis stand gar nicht so weg wie beim Dieb.

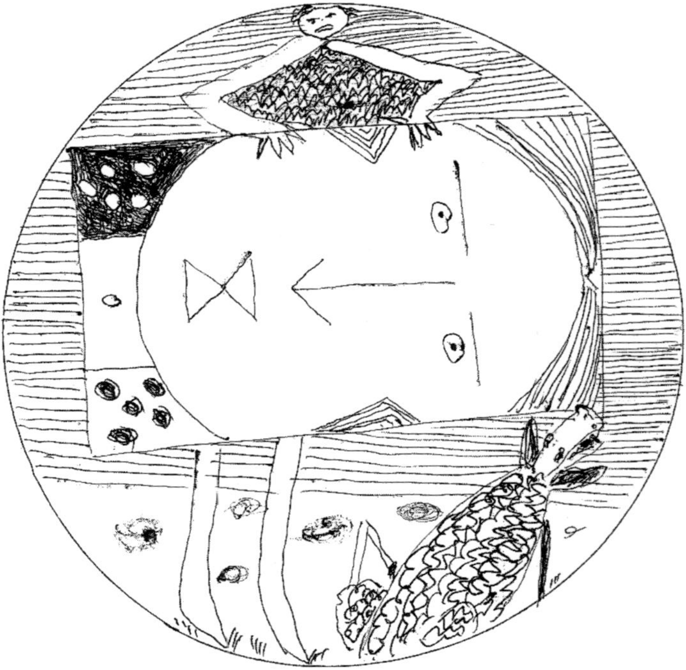

Dann kam der Schwarzpullover wieder. Er hatte etwas bei sich, das er so bezeichnete: Der Tag mag mich nicht. Die Nacht haßt mich. Ich knabberte ein wenig daran herum. Das schmeckt dir doch nicht, sagte er. Tu nicht interessiert, du bist keine Ziege. Ja, er hatte recht. Nun, warum kommst du mir damit, dachte ich. Als ich das sagte, verstand er sicher nur mäh. Meine Wege gehen nur in der Gegend hin und her. Er mußte seinen Pullover zwischen den Menschen hin- und hertragen – und zu mir. Wenn er nicht dieses Ding dabeigehabt hätte, hätten wir zusammen rumlaufen können. Aber das weiße Ungeheuer fiel ständig auf. Nicht, daß ich mich schämte, er schien sich zu schämen. Er grub es ein und ging.

Eine neue Landbevölkerung

Ich graste zuweilen zwischen den Kühen, damit ich vor Kojoten sicher war. Eines Tages verschwanden die Kühe und ihre Bauern. Da herrschte Frieden. Nun kamen aber die großen Vögel. Sie bezogen die Ställe und die Häuser, ließen alles so, damit es die Menschen und Kühe wieder übernehmen könnten. Lediglich die Fenster veränderten sie. Auch bauten sie sich ein Hüttchen an, in dem sie schliefen. Nie werde ich vergessen, wie angetan der Schwarzpullover von der Veränderung war. Die Bauern hatte man nach Afrika geschickt und die Kühe auf den Mond, sagte er. Mir zog er eine Socke über den Kopf. Eine Vogelfrau trug ein Strumpfband.

Von den großen Vögeln übernahmen wir einiges. Wir liefen hin und her und merkten auf einmal, daß wir nicht über alles schauen konnten. Was dahinter ist, war auf einmal spektakulär. In der Hitze bin ich früher oft hochgestiegen zu dem wenigen Gras, das fast so schnell wächst wie der Schnee fällt. Aber dort oben bin ich nie die andere Seite hinuntergegangen. Eine Kuh wollte man ja nie sein, und ein Bauer schon gar nicht, sie alle rannten umher, als sähen sie das Land nicht. Und da kamen die Vögel mit ihrem freien Blick. Anfangs hatte ich verdammte Nackenschmerzen, bis ich die Herumseherei wieder aufgab. Der Schwarzpullover hatte da mehr Talent.

Der Schwarzpullover kam eines Tages mit einer anderen. Sie trug ein rotes Kleid, roch aber nicht nach Blut. Eine Touristin sei sie von weit her, ließ ich mir sagen, und sie krächzte auch nicht so wie die Leute vorher. Sie hielt eine Blume, die sie nicht aß, und der Schwarzpullover hielt sie. Mit ihren Gliedmaßen machten sie, was dergleichen immer macht: mit zweien gehen sie über die Erde, und zwei halten sie in der Luft. Ich kam mir besonders schön vor, was nun weiß der Kuckuck reiner Zufall war. Er sprach von Zäunen, von denen das Gebirge voll sei. Das Gebirge sei ein Gefängnis, sagte er. Eine jede Pflanze hielte ihn gefangen, jeder Grashalm. Ich muß mir nicht einbilden, daß es ohne ihn nicht geht.

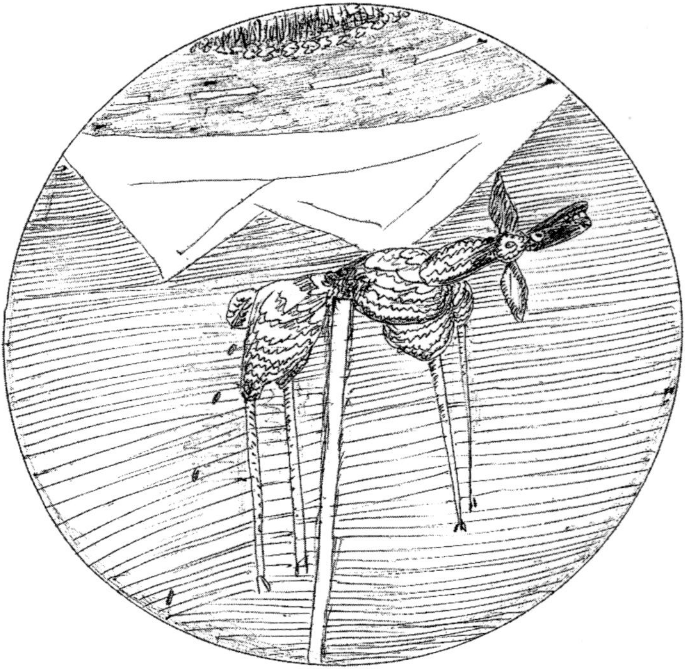

Ich fraß dann das Gras so in mich hinein, als wäre ich für das Gras da und nicht umgekehrt. Ich wollte es wieder bequemer haben. Fand auch die gemütlichsten Plätze. Heidekraut und Moos sind die besten Polster. Im tiefen Gras am Bach, das nun zusammengesunken ist, ist man gut gebettet. Auch das Plätschern ist gut, um zu vergessen und endlich gefressen zu werden. Meine Beine jedoch trugen mich immer wieder dorthin, wo der Pullover sein Bild vergraben hatte. Da kam es irgendwie so sonderbar warm von unten. Der Hunger war hier nicht schlimm, die Müdigkeit nicht groß. Der Schlaf war gering, die Erde winzig und der Himmel gleich null. Gute Nacht!

Da oben, wo schon lang nichts mehr ist, hing ich an einem Drahtseil, so wie ich mir habe sagen lassen, daß es bei den Skiliften ist, und der Wollpullover fuhr über mich hin und her. Er behauptete, daß er fliege und so was wie mein Engel sei und ich mich nicht so haben solle, da er doch sein Gewicht mit seinen Flügeln, seinen Federn trüge. Ja, sein Gewicht vielleicht, aber das Fahrzeug aus Eisen mochte doch auch so schwer sein wie ich selbst. Die Erde mit ihrem Mond unter mir war gerade noch sichtbar, und so klein unser Gebirge, daß ich nie wieder da unten leben zu können glaubte.

Als ich wieder zu mir kam, war alles verkehrt, der Hals war zu kurz, um Gras zu fressen. Die Füße waren geschwollen und von Fleisch überzogen. Und das Geschlecht baumelte frei wie bei einem Roß, andauernd von Fliegen geleckt. Er stand hinter mir und schrie nach seinem Wollpullover. Ja, gib mir mein Fell zurück, dann kannst du deinen löchrigen Fetzen haben. Er wußte nicht, wo mein Fell sei. Sogar mein Horn hatte er falsch aufgesetzt, der Depp! Und wie das Gras schmeckte, abscheulich! Und im Bauch polterte es! Alleinkauen ging auch nicht mehr, war ja immer der Jammerlappen da. Friß, sagte ich. Friß wenigstens du das Gras! Ich konnte ihm nicht zusehen.

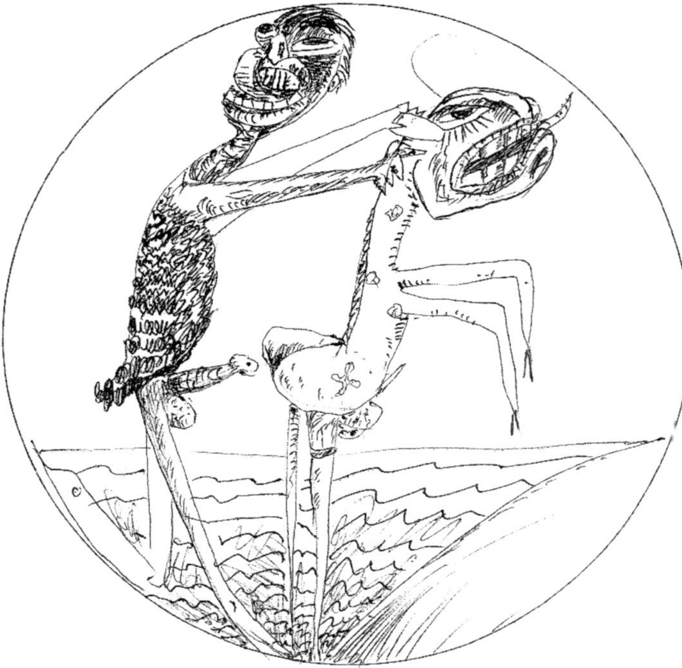

Da war mir alles wurst. Jetzt mache ich es wie er und die Touristin. Ich brauchte etwas in meinen Magen. Zuerst riß ich ihm das Horn ab. Aber als ich ihn am Ohr griff, bäumte er sich auf, so daß ich ihn erwischte. Aber ein Mensch ist ja so schwammig – und ein Menschenschwanz ist ja gar nicht spitz, wie sollte man da den Wahnsinn entwickeln, zu töten? Daß man den Arsch in seiner vollen Nacktheit spürt, ist ein wilder Reiz. Als wir umfielen, bekam ich mein Glied in die Hand. Das war wie eine Peitsche, und endlich konnte ich daran reißen, leider konnte ich es nicht ausreißen. Ja, was machen wir jetzt, sagte ich. Die Sterne studieren, meinte er.

Ich stampfte ihn in den Boden mit seinem verschissenen schwarzen Pullover. Ich sprang so hoch wie der Himmel, um ihn in den Boden zu stampfen. Von da aus sollte er die Sterne studieren. Es hatte geregnet, und im Boden, in den ich ihn stampfte, sollte er mit den Regentropfen rechnen, wenn er sie schon so gerne zählte. Ich wurde so schwer und so wütend, so schnell und vernichtend, daß ich immer noch herumsprang, als ich schon gar nicht mehr wußte, wo im Boden er lag. Ich wünschte mir noch eins: so schwer und so stark wie die neuen Bauern zu sein, die Vögel, damit ich ihn durch die Erde hindurchstampfen hätte können, und mit ihrem erhabenen Blick über alles hinwegsehen. Dann fraß ich wie immer Gras.

Es muß im nächsten Jahr gewesen sein. Im Winter war der Schwarzpullover nicht aufgetaucht. Es war ein Winter mit tiefem Schnee, der lau und blau im grauen Februar herumlag. Und im März setzte es noch einmal einen Meter drauf. Die Sonne warf mit Sommerkraft ihr Licht darauf, und ich fraß alles, was ich erwischte. Ich glaube, es war sogar eine tote Maus dabei, ein grüner Schnuller und das, was ich in einem Anorak fand. Da ich nicht starb, wurde es April. Und im Mai merkte ich, daß mein Sack noch nie so tief gehangen war. Die Margeriten streifte er früher und jetzt schon die Primeln. Da kam die Touristin. Mir ging ein Licht auf: Das war der grüne Pullover von ihm, und jetzt die weißen Blüten. Ich fraß davon, was ich nur konnte.

Als die Touristin mit dem schwarzen Pullover am Oberweg ging, lief ich ihr nach. Mein schwarzer Pullover! Mein schwarzer Pullover kam mir so weiß vor. Alles wollte ich lernen, nur um dem schwarzen Pullover meines Freundes folgen zu können. Ich trag auch einen Regenschirm, ich schwör es, wenn es nur die Touristin verlangt. Der Pullover dreht mir die Nüstern auf, und mein Sack ist auch schon wieder kürzer. Der Touristin macht es gar nichts aus, an mir herumzukramen: Sie frisiert mich und onaniert mit mir, das ich nur einfach, nicht zivilisiert kann. Meinen Samen trägt sie auf ihrem Busen auf, der strafft die Haut, sagt sie. Nur den Pullover dürfen wir nicht beflecken.

Als ich wieder erwachte, sah ich nichts. Und wenn nicht so ein Vogelfarmer an mir herumgepickt hätte, wer weiß, ob ich den über meinen Kopf geschlungenen und gebundenen schwarzen Pullover losgekriegt hätte. Wo ich wieder zu mir kam, war es hoch oben, und Absturzmöglichkeiten gab es die Menge. In dem Schuppen schon, in dem ich zu mir kam, hätte ich bereits verzweifeln und verenden können, denn es war gleichmäßig hell wie gleichmäßig dunkel. Nicht oft rennt man blind gegen etwas, ohne in Panik zu geraten. Die Touristin? Sie wird zur Mutterstraße im Haupttal zurückgekehrt sein, von dem unser Seitental abzweigt. So sah ich, daß ich schon lange nicht mehr so unabhängig war, wie ich mich einmal unabhängig wähnte.

Liebesleid

Zuerst rannte ich weg. Dann fand ich meine Hörner wieder, dann äste ich ein wenig, eher aus Verlegenheit. Dann ging ich zu einer Waldwiese hinüber, wo Arnika blühte. Dort stand ich eine Weile. Im Boden war die Wiese nicht trocken, aber der Wind meinte es gut, er wehte. Die Touristin. Und der Himmel wollte mich aufmuntern, er war blau. Aber wirklich sah ich nur die Arnikablüten. Ihr Duft war so angenehm, daß mir Salz in die Augen schoß. Dann trat ich in eine zerbrochene Bierflasche. Ich verlor viel Blut, schleppte mich zum Bach, der zuviel Lärm machte. Ich torkelte in eine gemähte Wiese hinein und wußte nicht mehr weiter. Da kam eine Vogelfarmerfrau und hielt mir die Wunde mit ihrem Schnabel so lange zusammen, bis ich kein Blut mehr verlor. Als sie ging, sagte sie: Du stinkst.

Aber ich kam nicht weiter. Der Vogel brachte mich auf die Farm. Aber fragt nicht, wie: Sein Schnabel hielt mir die Klaue zusammen. Da ich mit 3 Beinen Schwierigkeiten zu gehen hatte, hatte es der Vogel mit seinen zweien notgedrungen auch. Zu zweit legten sie mir Gips an, einer allein vermag ja nichts zu verrichten. Schlachten. Schlachten, dachte ich mir. Aber diese Vögel schlachteten keine anderen Tiere. Ihren Touristen setzten sie Vogelfleisch vor von der eigenen Aufzucht. So mußten die Jungen nicht mehr in die Stadt abwandern. Zu einem Frühstück setzten die Vögel immer fünf Touristen zusammen. Zum ersten Mal in meinem Leben hatte ich eine Unterkunft. Durfte ich das überhaupt annehmen? Durfte ich jetzt pipi machen und überhaupt?

Ich weiß nicht, was mich veränderte. Vielleicht war ich nur noch das einzige Schaf? Wenn schon aus meinem Kopf ein Gesicht geworden ist, werden doch nicht aus meinen Wollfetzen Federn werden. Fliegen? Wohlgemerkt, bei den Farmersleuten handelte es sich um Laufvögel, ähnlich den Touristen, die den ganzen Tag rumrennen, selbst wenn sie sitzen, wetzen sie noch und sind immer mit etwas beschäftigt, mit auspacken, einschieben, wegwerfen oder wieder einpacken. Ich weiß nicht, wie die überleben. Wo haben die ihre Arnika, die sie beruhigen, ihre Vögel, die sie versorgen, wenn sie das Gebirge verlassen haben? Kopfweh kannte ich früher nicht.

Eines Tages dachte ich mir, ich sehe nicht recht: Hatte doch ein Tourist glatt nichts mehr an sich als sein Allerweltsgesicht, alles andere war Vogel geworden. Der Partner von dem Verrückten schrie, er gehe mit ihm nicht mehr zu Tisch und nicht mehr ins Bett, wenn er nicht ein ähnliches Aussehen kriege. Niemand wußte, wie das geschehen sollte. So verlangten die Touristen, weil ihnen nichts Besseres einfiel, die Vögel sollten den Partner fressen und abwarten, was geschehe. Irgendwie meinten sie wohl, da sich die Vogeleltern auch immer am Verzehr ihrer Heranwachsenden beteiligten, sei dies der Grund, daß sie Vögel blieben. Ich meine, so unlogisch schien mir das nicht, woher kam denn der Vogel mit Gesicht?

Da tauchten auf der Mutterstraße diese hohen Autos auf, die für die Vögel gemacht waren. Die Luft wurde besser, denn schneller als 10 Stundenkilometer durfte so ein Hochauto nicht fahren. Ja, wenn die Vögel gelaufen wären – schneller schon –, aber vornehm? Ich fand das gar nicht mehr verrückt, denn ich mußte mich nur noch über mich wundern. Das Gras sah ich so weit unten. Da ging die Vogelfrau mit mir zur Mutterstraße. Sie, die 70 Stundenkilometer und ich, der ich 30 Stundenkilometer rennen konnte. Ich sollte mir die neuen Autos ansehen, sie wolle aber keines. Das Gras blieb so weit unten. I'm Cleveland, rief ich. Cleveland! Wie vom Leben mußten wir zurück in unser Tal.

Man sagte, dieser Herbst habe eine goldene Farbe. Das Gold falle und tue dem Herz gut. Von meinem Herz ging ein steifes Brett weg. Ich wußte genau, wo dieses Brett wegging, aber ich hatte keine Ahnung, wohin dieses Brett führte. Dieses Brett bog sich nicht um die Welt. Ich ging auf diesem Brett in der Hoffnung, endlich hinunterzufallen. Da kam die Touristin mit dem roten Kleid zurück und meinte, nun könnten wir heiraten, da ich so schön geworden sei. Ich aber schrie, schrie, daß es mein Gesicht zerriß und der Schafkopf wieder in Erscheiung sprang. Noch die Urgroßmutter des Kolumbus muß meinen Schrei gehört haben, so gewaltig erschallte er durch den Raum der Welt.

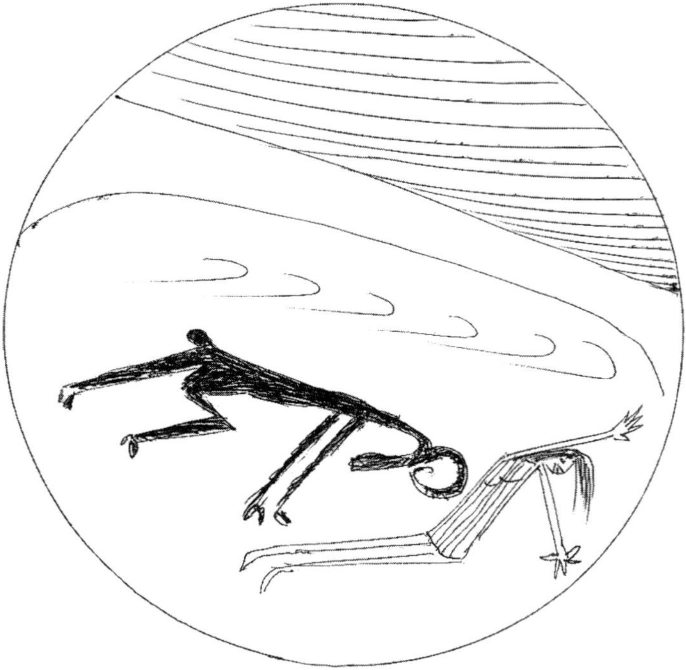

Dann passierte, was immer wieder passieren sollte, ich sah rot und schrie: Brich durch! Brich durch! Und sie schrie: Warum machst du das! Warum machst du das! Warum? Später habe ich Buben zusammengestoßen und ließ erst ab von ihnen, wenn sie flach auf dem Boden lagen. Mädchen trauten sich erst gar nicht von den Holzstößen herunter. Und wenn mir die Buben die Ohren auszureißen versuchten, schleuderte ich sie weg und stieß sie zu Boden. Da stellte ich mich auf die Hinterbeine und ließ mein ganzes Gewicht im Horn auf den Menschenkopf knallen. Mit der Touristin begann das. Als ich nur noch ihre roten Lippen sah, drang ich nur noch auf die ein.

Die Hilferufe eines anderen erklingen nie so laut wie die eigenen. Es ist unmöglich, sich in diesem Moment zu entziehen, so unmöglich, wie in diesem Moment das Horn nicht abfallen kann, das ich schon bei jeder Gelegenheit verloren habe. Das Gegenüber muß aufgeben, muß sich hinlegen, auch wenn es gar nicht verletzt ist. Muß flache Ruhe geben. Jedes Aufbäumen kann tödlich sein. Ich will diese Kreatur aus der Welt schaffen, mit allem, was die Rache hat. Keine Widerrede. Jedes Argument stachelt den Schmerz und somit die Rache an. Wenn du schon nicht weißt, was du getan hast, ich weiß, was ich jetzt tue! Ich vernichte dich. Wenn in dir keine Liebe war, so spüre sie jetzt.

Als die Touristin wieder abgefahren war, war sie mir so gleichgültig wie die Kinder, die nach einem Kampf mit mir wieder Fußball spielten. Ich schlug mich wieder weg von diesen Farmbetrieben. Ging zu den letzten Bäumen hoch, diesen blöden Pinseln. Tatsächlich waren sie im letzten Sonnenlicht goldgelb. Ich haderte noch mit meinem Kopf, mit meinem Herz und mit meinem Sack, da ich nicht wußte, wer mit wem Verbindung hatte. Eine Verbindung war durchgeschnitten. Welche wohl? Wie einfach haben es die Berge: Wenn die Wolken noch so an sie stoßen, stehen sie nachher unverwundet da.

Nichts kann sie verändern, nur das jährliche Alter. Weiß.

Was gab es denn nicht? Fünf. Ich zählte immer bis fünf. Das hatten mir die Deppen noch mit Fußstampfen beigebracht. Es gab nicht fünf Bäume, und es gab nicht fünf Berge. Eine Stelle gab es, wo der Schwarzpullover was vergraben hatte. Da war ich ein wenig neugierig, ob ich die Stelle noch fände. Ich suchte die dicke, kurze Buche, fand sie. Die Buche stand noch. Es war so still. Die Fliegen holte jetzt auch nicht mehr die Sonne hervor. Bis zuletzt gab das Gehüpfe im Gras Zeichen. Still. Ich stand auf der Stelle. Da hatte ich die Idee, daß der schwarze Pullover darunter sei. Schon wild verwest. In meinem Kopf zählte ich die Löcher im Schwarzpullover: fünf. Immer wieder fünf. Ich stand auf der Stelle. Etwas fehlte. Zahnweh. Morgen!

Da fing es zu schneien an. Fünf Näche lang schneite es.

Krähe allein

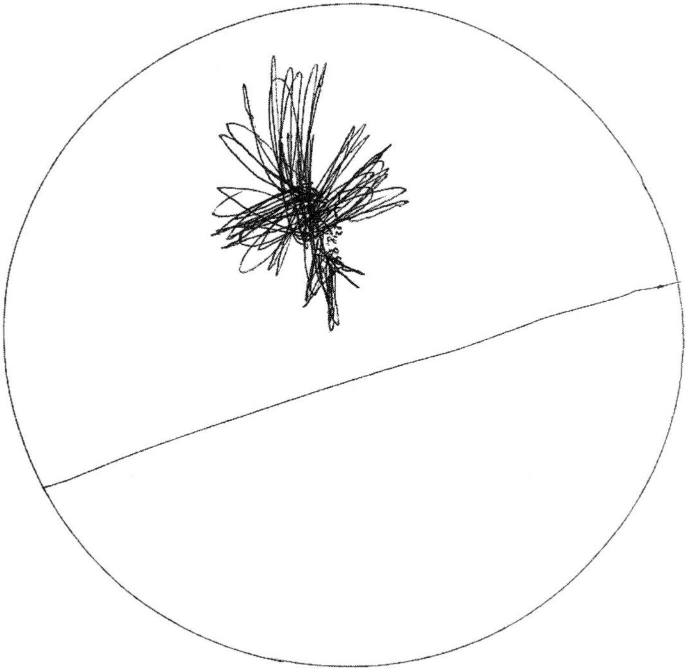

Unterm Schnee kam ich immer wieder auf die Beine. Mußte auf die Beine kommen, damit ich den Schnee unter mich bekam. Es war lange gemütlich, dann zu warm. Neben mir schlug eine Krähe ein. Sie war bewußtlos. Als sie aufschreckte, drückte ich sie in den Schnee, in den sie nun gepreßt war. Sie hatte so dumme Augen, die nichts als schwarz waren. Hinter ihren schwarzen Augen konnte nur Finsternis sein – wie in der Höhle! Daß soviel Finsternis dahinter sein kann – wie in der Höhle? Im Schnee brach überall das Licht herein, nur sehen konnte ich nichts. Es fehlte der Schlüssel. Ich war blind. Der Himmel war nicht blau, und die Berge hörten nicht auf.

Krähe!

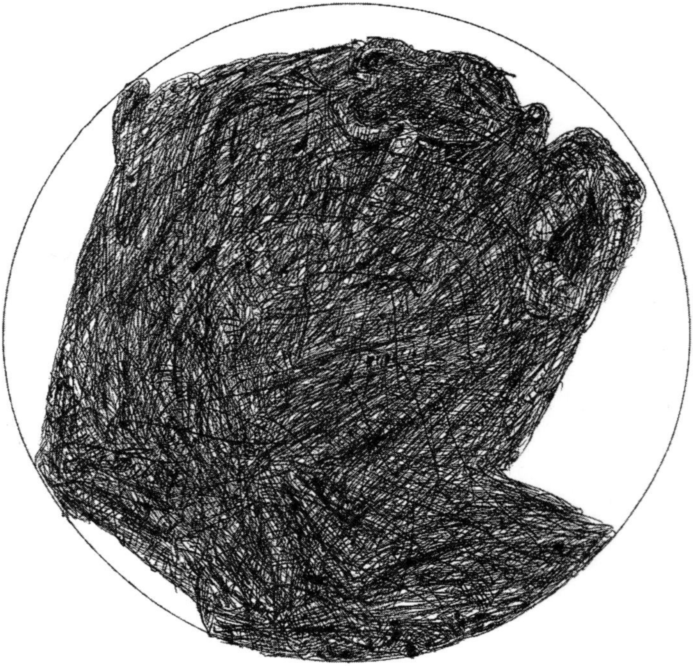

Ein altes Unterhemd lag vor Jahren in dieser Gegend. Es war rot, nicht kaputt. Dreckig. Die Familie, der das Unterhemd gehörte, hatte das längste Auto, weil alle Kinder hintereinander lagen. Wenn es auftauchte, sah man lange sein Ende nicht. Vorne schaute ein Kinderkopf heraus und am Ende der Decken zwei Kinderbeine. Ich meinte, dies sei das längste Kind der Welt. Sie kamen an einem Tag, an dem man gar nichts erwartete, lau grau, Bauchweh. An die Vögel hatte man sich so gewöhnt, daß man sie gar nicht mehr sah. Und nun diese Kinderschlange. Wenn Frauen sich einen auf den Körper heben, so macht mich das müde, oder ich stoße sie zusammen. Das T-Shirt war rot.

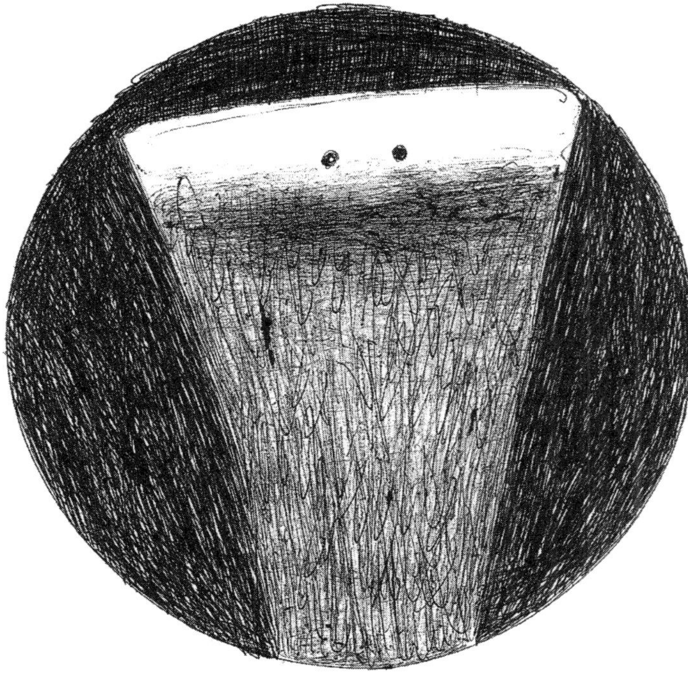

Touristen, die zu mir hochkamen, sagte man schon unten, nehmt dem Schafbock ein Bier mit, das mag er. Man hielt mir die Flasche hin, und ich trank, bis sie leer war. Einmal dachte man, mich mit Schnaps hinters Licht führen zu können. Er schmeckte mir zwar nicht, ahh, hatte dann aber doch eine enorme Wirkung. Ich sprach den ganzen Tag, beim Mittagessen erklärte ich mich über Architektur, und zwar einem Architekten, der mich nicht verstand, weil ich sagte: Weg mit dem ganzen Dreck. Eine Frau neben mir behauptete vor lauter Angst, mich zu lieben, aber mit mir nicht zu schlafen – als hätte ich daran gedacht! Ich verschlang das Sauerkraut und ließ das Kasseler Rippchen zur Hälfte liegen, so ein unappetitlicher Fleischkloß! Ja, was sollte ich sagen? Die Schneeule, die war schön. Die war schön –

Ich muß einen Fehler gemacht haben. In dem Schnee unter mir bekomme ich keinen Tritt. Der Schnee über mir sackt nicht ein. Schmerzlos spucke ich Blut aus mir. Meine Schnauze sinkt immer wieder in diesen sich ausbreitenden Blutschwamm, der aussieht wie eine Nachgeburt, habe ich mir sagen lassen, und darin liegt die Krähe und rührt sich nicht mehr, das ist mein Fehler. Sie ist leicht und sollte sich befreien, damit ich Luft bekomme. Das alles ist dunkel und wäre schwarz, wenn die Krähe nicht darinläge. Das alles erinnert mich an das T-Shirt, das so gestunken hat, und wahrscheinlich stinkt es hier auch.

Die Vögel hatten von den Bauern die Almordnung übernommen, mit der die Bauern auf ihre Kühe achteten wie jetzt die Vögel auf ihre Jungvögel, die zum Verzehr bestimmt waren. Beide verliefen sich zumeist im Gelände. Die Kinder aus dem langen Bus wanderten nicht gerne. Sie standen herum und wollten zu ihren Freunden. Ich, ein Schaf, konnte ihnen auch nichts bieten, so trollte ich mich wieder. Keine Ahnung, daß ich heute noch einem roten T-Shirt begegnen sollte. Schafe, uninteressant, Kühe, uninteressant. Aber was fanden die Kinder an den Pferden interessant, die bissen und in ihrem kleinen Kopf keinerlei Stärke hatten?

Mit dem T-Shirt, sagte die Mutter der Kinder zum Vater der Kinder, mit dem du mir untreu warst, kommst du mir nicht. Mit dem T-Shirt, sagte er. Ohne T-Shirt fühle ich mich zu nackt. Auf seinem Penis trug er ihre Unterhose, die gewiß einiges fassen mußte, ohne daß sich der bog. Da nahm sie das Messer, mit dem er herumgeschnitzt hatte, und schnitt sich den Arm auf, so daß sogar ich erschrak. Da zog er sein T-Shirt aus, um das Blut zu stillen. Da ist die eine Geschichte mit dem T-Shirt. Aber ich muß hier heraus – das ist die andere Geschichte. Ich habe äußerste Schwierigkeiten mit mir. Ich muß hier heraus! Ich kämpfe wie Napoleon, ein französischer Feldherr, wie ich mir sagen ließ, aber ich kämpfe allein.

Da war, als ich wieder zu mir kam, der Schnee eingebrochen. Ich hatte noch das fürchterliche Flattern des Raben um meine Schnauze, als ich aufwachte und er verendete. Der Tod, was soll das sein? Du hast kein Blut mehr. Ich versuchte, meinen Kopf von dem toten Vogel zu heben, was mir nur mühsam gelang, und dann lag ich immer noch in meinem Schweiß. Der Schnee war so weit geschmolzen, daß ich Boden unter den Beinen spürte. Meine Lenden waren kraftlos, die Sehnen durchgeschnitten. Der Rücken schmerzte, und das Fell lag auf mir wie im Bach, so patschnaß. Die Sonne schien wohl nicht, aber Donner kündigte ein Gewitter an. Nachdem ich mit einer Lawine abgegangen war, war ich eigentlich tot.

Die Lawine ging über die Kapelle des früheren Ortes hinweg und ließ mich auf dem Kreuz vom First der Kapelle liegen. Ich lag zu Füßen einer Schönen, die blond war und fleißig strickte, weil sie zwar selbst von der Landbevölkerung eines entfernten Landstriches hier bei den Vögeln Urlaub nahm, was damals schon vorkam, die Hände nicht einfach in den Schoß legen konnte, sondern immer beschäftigt sein mußte und dabei neugierig umherlugte, ob nichts Gewöhnliches oder gar Außergewöhnliches geschähe. Da kam die Lawine, die sie, vom flacheren Land, schon erstaunte und entsetzte. Wie sich aber mein Anblick ihren Augen und ihrem Sinn anböte, vermag ich noch nicht zu sagen.

Mein größter Lacherfolg war der auf Skiern. Die Wintertouristen wollten heimfahren. Die Erwachsenen packten mit einer Lust, daß ihnen das Gepäck ausging. Auch die Kinder freuten sich, daß es nun wieder zu ihrer Welt heimging und sie das Tal und die Berge wieder ihrer ursprünglichen Leere und Bedeutungslosigkeit überlassen konnten. Wieso sollten es auch die Kinder als ihre Aufgabe sehen, anderswo ein wenig Wind herzumachen? Zum Abschluß verwirklichten sie eine Abschiedsidee. Sie banden mich auf Skier und ließen mich heruntersausen. Ich hielt mich aufrecht, bemerkte aber nicht, daß ich während der Fahrt ununterbrochen geschissen hatte und nun der Dreck an den Enden der Skier lag, was zu einem ungeheuerlichen Ausbruch von Heiterkeit führte. Ade!

Als mich die schöne Blonde von den Skiern losgebunden und was von Tierquälerei geschimpft hatte, rannte ich gleich weg. Habt mich doch alle gern! Die ganze Welt konnte mich! Ich stapfte bergaufwärts, sank bis in die Brust in den schweren Schnee, kam stockend voran. Sah kein einziges Mal um, obwohl mir das schwerfiel. So weiß ich nicht, ob sich Blicke an meine Wolle hingen, die ich so mißmutig wegtrug. Die Touristin war ja doch nicht gekommen, von der ich in meinem Schneenotstand geträumt hatte. Ich konnte sie nicht zusammenstoßen, als ihre roten Lippen so nah unter mir waren, weil sie ein Kind im Arm hielt, das mich Papa nannte. Ich sah nur die Händchen aus dem Tragetuch.

Herr Quietsch taucht auf

Ich habe mir sagen lassen, daß es Menschen gibt, die Menschen mit Zitronen verwechseln. Die pressen die Zitrone so lange, bis sie die Kerne quietschen hören. Auf meinem Rückzug mußte ich über den Höllbachkanal. Mitten auf der Brücke merkte ich, daß mir niemand entgegenkommt, an dem ich vorbeirennen könnte, mit diesem kurzen pfeilschnellen Schafsspurt. Nun, allein wie ich war, bedrängte mich auch niemand von hinten, der mich weitergeschoben hätte. Da fiel ich in den Bach und kämpfte an der steilen Böschung. Am Ufer stand ein Mann, mit so was wie Reisigbündel am Rücken. Das war Herr Quietsch, wie man mir später beibringen sollte.

Herr Quietsch war mir behilflich. Er ließ mich jetzt nicht allein. Er begleitete mich zu meinem Unterschlupf. Zu welchem? Sollte er sich ins Heidekraut setzen? Wir gingen zu der Hütte, vor der der Mann die Unterhose seiner Frau auf seinem Glied getragen hatte, im T-Shirt seiner Freundin, mit dem er dann das Blut seiner Frau abband. Herr Quietsch war sehr ruhig. Ich schnaubte und tropfte und trug den Himmel. Schnee würde wieder kommen. Die Verletzungen unter meinen Knien vom letzten Harsch heilten gerade ab. Nur solche Sachen gingen mir durch den Kopf. Ich trug nur mich durch diese Welt wie Herr Quietsch sein finsteres Reisigbündel.

Wie schön ich es hätte, in meiner Hütte, bequem, ein Lager für jedermann, der sich darauf verstehe, in Komfort zu leben und ihn zu genießen. Besseres sei ihm noch nie widerfahren. Mir auch nicht, erwiderte ich. Und wirklich fürstlich sei mein Aussehen, ein Mantel, um den mich die Großen der Welt beneideten, und wahrlich, kein Menschenwerk an Krone könne sich mit meiner königlichen Krönung messen. Mir war eher, als hätten mir etliche Menschen auf den Kopf geschissen. Und doch muß ich sagen, daß mich Wärme durchzog, eine leichte Kraft in mir aufstieg, die mich fragen ließ, warum ich mich denn immer nur an die Schwere meines Körpers binde.

Körper, sagte ich mir, ein noch nie gebrauchtes Wort.

Wie er wohl aussehe, der Herr Quietsch, der nun wahrlich nicht so vornehm aussah, wie er sprach. Da hockte er auf seinem Reisigbündel, so bescheiden, und sagte so unerhörte Dinge, daß ich das Alleinkauen vergaß oder nur kurz und hastig die Kaurichtung wechselte. Die Welt, sagte nun Herr Quietsch, und ich wußte nicht, ob er diese Gegend hier meinte oder auch den Himmel darüber, an dem alles hing, daß gleich die Berge wegfielen, wenn der Himmel zürnte, die Welt, verstand ich noch, da stellte ich mir schon sein Gesicht vor, leider nur als das einer Kuh. Eine Kuh ohne Hörner. Und das ist noch dämlicher, als eine Kuh ohnehin schon ist.

Takla Bash rief eine Stimme in mir. Das war der Name von meinem Baby, das mir die Touristin nun ganz hinhielt, es hielt die Hände so vornehm wie eine Dame, die ich noch gar nicht gesehen hatte. Es schlief, als wollte es den Schneesturm abwarten. Die ersten zehn Tage, sagte Herr Quietsch, sind die schwierigsten. Die ersten zehn Jahre sind die gefährlichsten, obwohl man wächst, kommt man nicht hoch. Immer wieder wird man niedergestoßen, auf dem Schlitten von einem Schafbock, in der Schule vom Lehrer und im Bad von einem Älteren. Selbst das Fahrrad mag einen nicht. Immer blutet man. Dann kommen die einsamsten zehn Jahre. Das Blut , nicht einmal das Blut tritt mehr nach außen, verliert sich in den Schuhen.

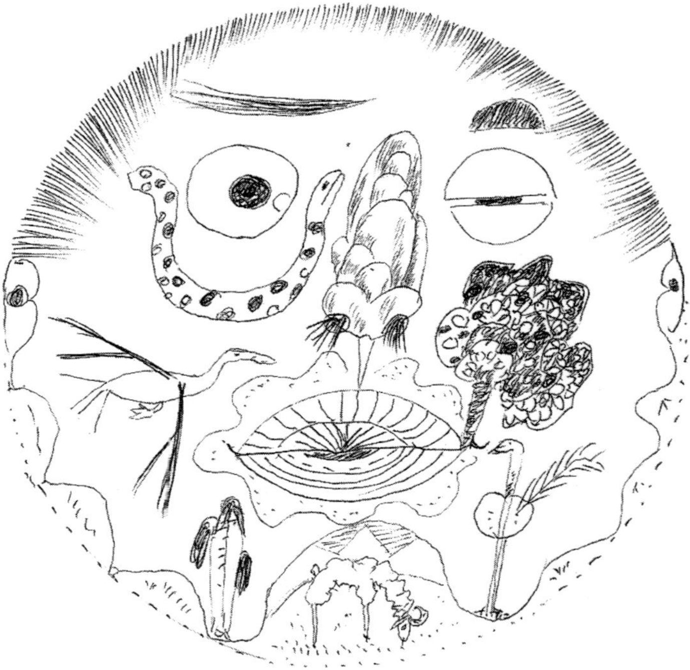

Ich stellte mir wieder das Gesicht von Herrn Quietsch vor, wie er eben als Mensch von Menschen zu sprechen versuchte. Hatte er denn nichts anderes gesehen, fragte ich mich. Undurchdringlich war der Schneesturm vor unserer offenen Hütte, tausend Spinnen spannen zu uns ihr weißes Netz herein. Eine dämliche Ente flatterte vorbei, mit ihrem doppelten, aber immer häßlichen Schrei. Schnell hörte ich aus Herrn Quietsch' verschlossener Rede, was ich schon kannte. Ich hatte halt irgendwann einen Schlüssel verschluckt, der mir nun ein Verständnis dessen erschloß, was ich kannte. Wäre ich draußen gewesen, allein mit meinem Hirn, wäre es gelb geworden, wie der Dotter eines Frühstückseis, nein, wie eine Arnikablume, mh, ihr Duft!

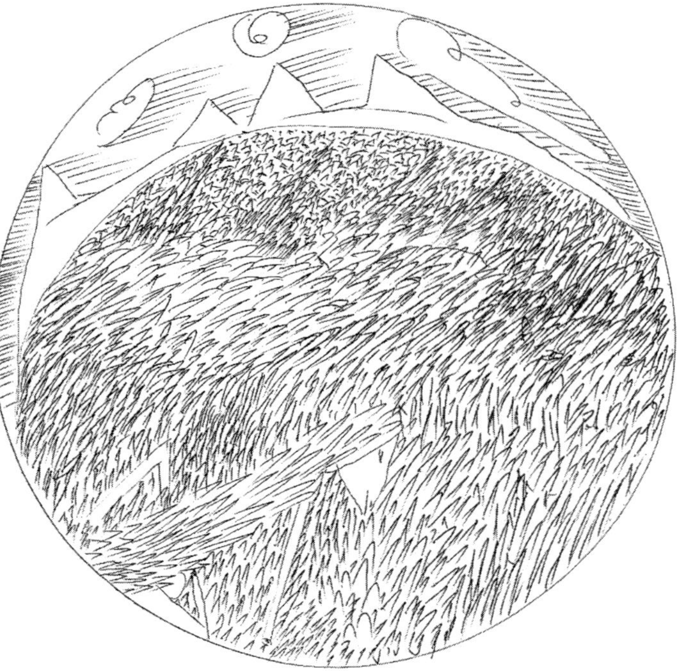

Da befand ich mich draußen im Frühlingsgras ohne eine Blume, die kommen später. Ich esse keine Blumen. Blumen stoßen in die Augen. Panik? Keine Panik. Keine Panik war da. Einmal, sagte Herr Quietsch, sagte ich zu den Bewohnern meines Dorfes, daß ich den Winter im Gebirge oben verbringen würde. Wer bringt dir Speise und Trank, fragte der Bürgermeister, niemand kommt durch den Tiefschnee zu dir.Wir fahren nicht Ski, und einen Hubschrauber können wir uns nicht leisten. Ich ging. Als ich im Frühling wieder ins Dorf zurückging, waren alle erstaunt. Und der Bürgermeister faßte die stummen Fragen der Dörfler zusammen: Du lebst? Habt ihr nicht, sagte ich, im Winter den Schneeleoparden gesehen? Alle nickten und gingen wieder ihren Beschäftigungen nach.

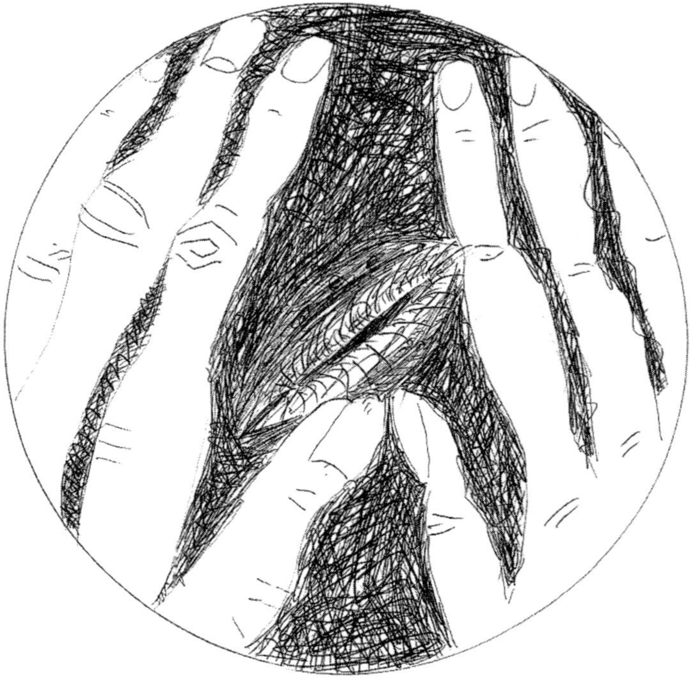

Ob ihm denn nie etwas lästig gewesen sei, fragte ich Herrn Quietsch. Mir sei es lästig, an ein Strumpfband zu denken, obwohl ich nichts anderes dächte. Ein Strumpfband, sagte er, könne erotischer sein als eine Frau. Er kramte ein rotes Strumpfband aus seinem Bündel. Ich sah sofort, rot, erhob mich – aber da hatte ich es schon am rechten Vorderbein, weit oben. Ja, sagte Herr Quietsch, lästig war mir wirklich einmal was. Das Dorf sammelte Geld, damit ich nicht mehr zurückkehre. Und schenkte es mir in einer Ledertasche mit Proviant. Ich reiste damals der Frau mit dem Strumpfband nach, wie ich meinte, aber ich wollte nur das Geld loskriegen.

Also reiste ich dieser Frau nach, bis ich in den höchsten Bergen auf ihrem letzten Rastplatz eine tote Taube fand. Sie war schon lange tot. Ich kehrte um, immer mit dieser Ledertasche. Auf einem der früheren Rastplätze der Frau fand ich einen toten Spatz. Da schlug ich für die Rückkehr eine andere Route ein. Ich konnte diese toten Vögel nicht mehr verantworten. Im Tiefland machte mir die Hitze zu schaffen, und ich lud einem Wasserbüffel meine Tasche auf. Ein Leopard riß den Büffel, auch der Henkel meiner Tasche ging drauf. Im nächsten Ort ging ich zu einem Schuster, einem Herrn Minit. Ich konnte nicht warten. Er warf die Tasche in die letzte Ecke. Am Freitag sollte ich kommen. Ich kam erst am Montag.

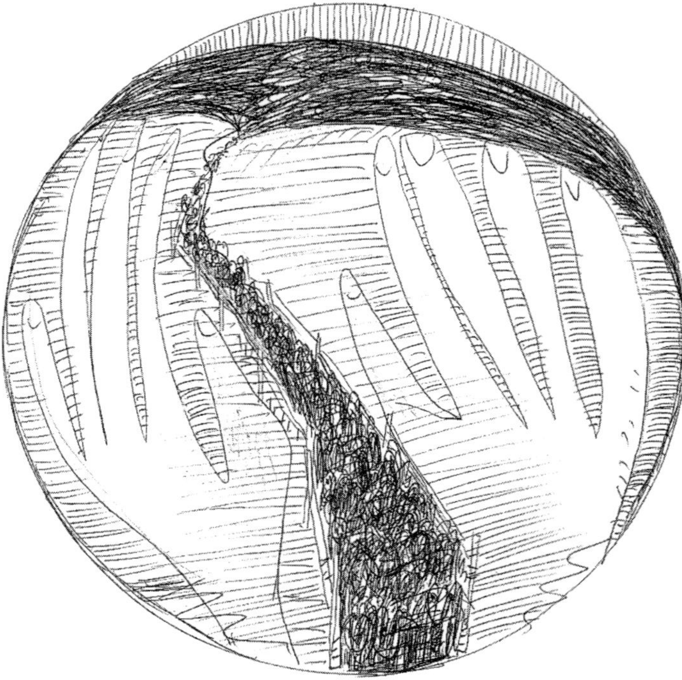

Ich hatte nur Angst, ohne diese Frau zu sterben. Als ich die Tasche abholte, wollte ich eine Kleinigkeit zahlen. Es sei nicht der Rede wert, sagte Herr Minit. Er habe den Henkel am Sonntag genäht. In der Hitze sei er arbeitslos gewesen, aber mit den Regenfällen brächten die Leute wieder ihre Schuhe, viele Schuhe. Ich dachte, er hat sich das Geld in der Tasche unter den Nagel gerissen. Nein. Seinen Gesichtsausdruck hatte ich falsch interpretiert. Im Gasthaus nahm ich einen Imbiß ein und vergaß zu zahlen. Auch die Tasche vergaß ich. Eine Küchenhilfe trug sie mir nach. Sie hatte schöne Augen und blonde Haare, eine Seltenheit für die Gegend. Sie nahm kein Trinkgeld. Und wieder hatte ich das Geld in der Ledertasche.

Da fragte mich Herr Quietsch, wie ich heiße, er hieße Quietsch. Takla Bash, sagte ich. Mit großer Mühe habe er seine Ledermappe mit Inhalt losgebracht. Eine alte Frau nahm sie ihm murrend und eher gnädig für ein Bündel Reisig ab. Nun müsse sie nochmals sammeln! 50 000 Mark waren in der Mappe, sagte Herr Quietsch, meine diesbezügliche Frage nicht abwartend. Was kriegt man dafür, fragte ich. Ein Bündel Reisig, sagte Herr Quietsch. Aber auch ein sehr, sehr gutes Pferd. Ich wollte ein Pferd. Als Takla Bash wollte ich ein Pferd. Ein Pferd erschien, aber es war nicht zusammengefügt. Wie das ginge, traute ich mich nicht zu fragen, denn es hatte so viel geschneit, daß eine Gemse bis zu uns herunterkam.

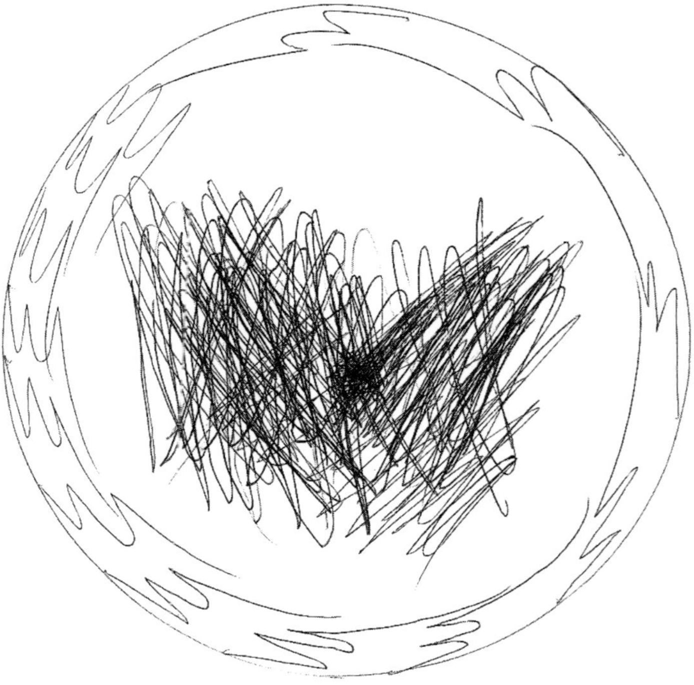

Da sagte Herr Quietsch: Die Frau hatte ein behaartes Männerarschloch, und das machte mich verrückt. Das war mir denn doch zuviel, war ich zwar kein Mann, so doch ein Bock. Ich stand auf, um meiner Ungemütlichkeit einen Ausdruck zu verleihen – kein Herr Quietsch war mehr da. Gerade, daß ich noch seinen Namen erfahren hatte. Vor der Hütte lag sein Reisigbündel, sonst nichts. Ich ging in die leere Hütte zurück, wo ich so seltene Dinge vernommen hatte, kauerte mich auf meine Beine. Ich begann Alleinzukauen. Ich brachte nichts mehr hoch. Meine Schlünde waren leer. Ich hörte, wie es in mir quietschte.

Trauminsel

Da erhob sich ein Vogel aus dem Ozean, der sogenannte Seewals, und schlug mächtig mit seinem Flügel. In den Fängen hielt er nämlich einen Seewals, die er als sein Weibchen betrachtete. Er wünschte so sehr, sich mit ihr zu begatten. Aber für sie war es viel einfacher, am Grunde des Meeres zu liegen und sich begatten zu lassen, langsam, empfindsam und mit einem nach dem anderen. Da ihr Flügel fehlten, muß das die Natur auch so vorgesehen haben. Nun aber hatte der Seewals Flügel und Bärenkräfte, sein Weibchen in die Lüfte hochzureißen – damit er sie fallen ließ, sie erschreckend aufschlug, ohnmächtig in die Tiefe sank und nicht nur dem Vergnügen, sondern auch der Fortpflanzung zur Verfügung stand.

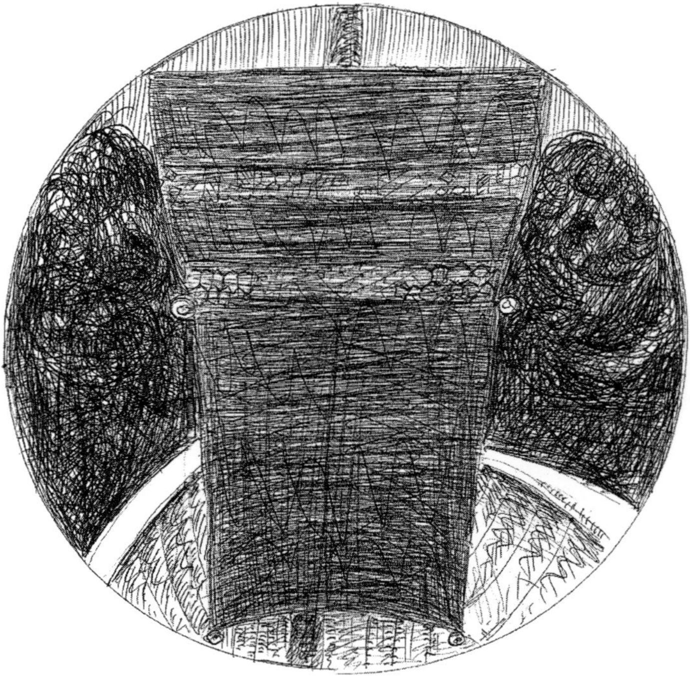

Da erhob sich ein Sturm. Schon die Farbe, die sich still aus der Tiefe des Ozeans erhob, hatte ihn angekündigt. Noch lag die See da wie eine schwarze Tafel, auf die ein gehetzter Lehrer mit seiner Kreide schnell die in der Kürze nicht erfaßbaren Kürzel hinfetzen würde. Erhaben tritt der Herr Lehrer vor die schlafende Klasse. Sein Blick aus dem Fenster zum blühenden Apfelbaum ist zart. Das Fensterglas ist alt und wabbelig und verwischt versöhnlich die Tränen eines kurzen frühmorgendlichen Mairegens. Da denkt der Lehrer eine Sekunde an gar nichts, und mit einem gewaltigen Schrei schreibt er ein weißes U an die Tafel. Die aufgeschreckten Schüler werden alle ihre Tage das U mit Untergang verbinden, und dann erst mit U-Boot.

Und als ihnen das Wasser bis zum Mund ging und sie längst kein Boot mehr unter den Füßen spürten, stritten sie weiter. SIE: Du gehst immer ins Kino! ER: Und du gingst nicht mit. Als ich sagte: Gehen wir ins Kino, sagtest du: Ich gehe nicht mehr ins Kino. SIE: Du gingst ja nicht mehr mit mir ins Kino! ER: Dreimal hintereinander warst du nicht da. Da habe ich die Tür eingeschlagen, weil ich dachte, du seist in Lebensgefahr. Ich hatte keinen Schlüssel von dir. SIE: Ich war im Kino. ER: Du bist dümmer als die Amerikaner. Die machen Filme, damit sie die engstirnigen Amerikaner verstehen. Und deshalb werden die amerikanischen Filme leicht vom Rest der Welt verstanden. – Selbst im Sturm war eine Harmonie.

Mann und Frau strandeten auf einer wirklich kleinen Insel, ohne Baum und alles. Als erstes sagte er, retten wir das Schaf. Das Schaf, sagte sie, stellen wir auf die Anhöhe unserer Insel. Ja, sagte er, damit wir wenigstens einen Schatten haben. Aber das Wasser ist wichtiger, sagte sie, grab nach Wasser! Er zögerte und sagte: Wenn ich jetzt nach Wasser grabe, dann wissen wir es gleich. Und da ich vermute, daß es auf dieser Insel kein Süßwasser gibt, möchte ich nicht gleich wissen, daß das Salzwasser ist, das durch den Sand in die Grube sickert, verstehst du? Sie aber meinte, das könne man nicht früh genug wissen. Da gab er ihr recht, aber er war zu faul zu graben, und sie grub auch nicht.

Da kam ein großer, weißer Vogel über das Meer gegangen und hielt schnurstracks auf die kleine Insel des Paares mit ihrem Schaf zu. Der Vogel sah auch nicht die Insel, noch die Leute mit ihrem Schaf. Er hatte nur einen Gedanken: Hoffentlich muß ich jetzt kein Ei legen. Eine Verminderung seiner Geschwindigkeit hätte den Untergang bedeutet, weil er ja schließlich ein Laufvogel und kein Schwimmvogel war. Er war ein partieller Wasservogel, wenn Sie so wollen. Mit seinem Schnabel zog er sich einen Laufsteg über den Ozean, der bald hinter ihm abbrach. Also wohin mit dem Ei? Aufs Land! Auf das Eiland. Er hatte es noch nie verfehlt.

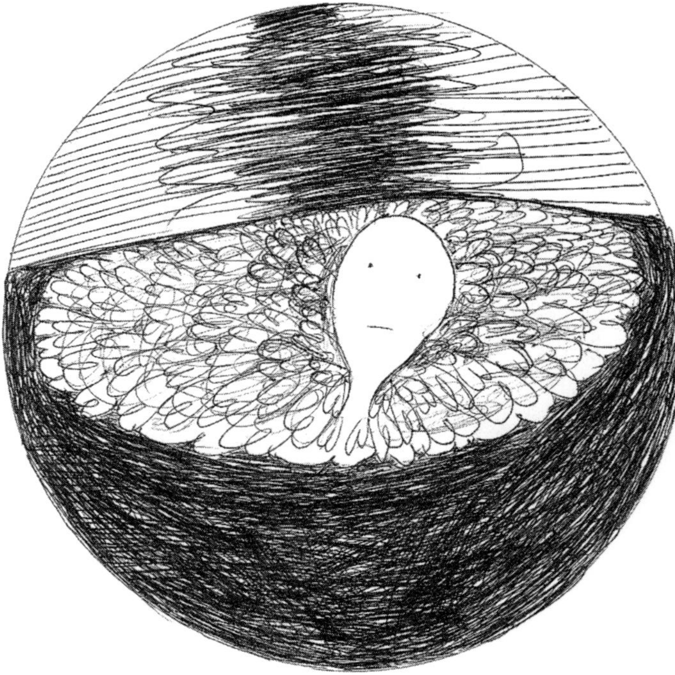

Da wachte ich kurz auf und sah in der 200 Jahre lang mit Kalk übertünchten Decke eine Blätterinsel, aus deren Mitte ein Kinderkopf ragte. Ich wußte nicht, was geschehen war. Ich werde, dachte ich mir, ausnahmsweise die Blätter grün kolorieren, damit das Kind weißer, blütenhafter erscheine. Habe mir längst angewöhnt, und kann eigentlich nicht anders, statt Tränen Wörter von mir zu geben. Auch sonst ersetzen mir die Wörter viel. Und oft hatte ich jetzt den Eindruck, daß die Zeichnungen mit den Wörtern nicht mithalten können. Aber länger als die Wörter scheinen doch die Zeichnungen zu kommen. Und so wird es weitergehen, solange das Herz mitmacht.

Die Wörter sind am stärksten.

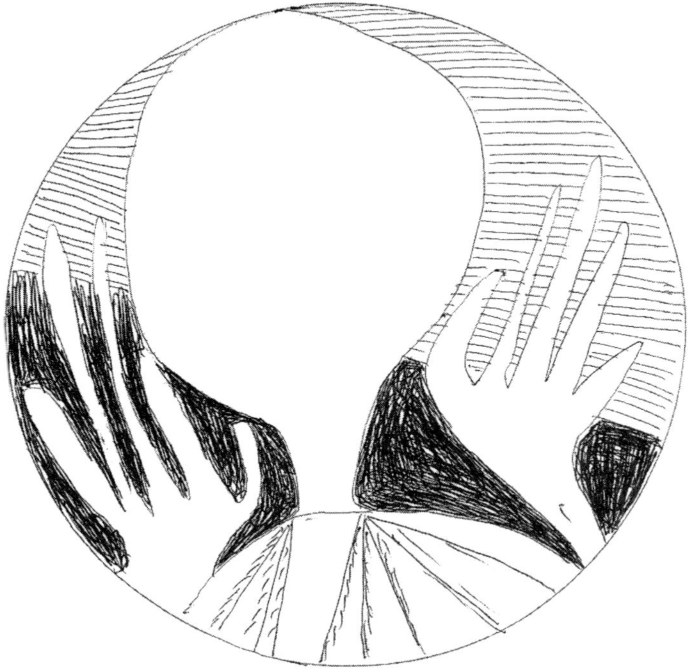

Da tauchte Herr Quietsch wieder auf mit leerem Gesicht und sagte: Dein Geschlecht trocknet auf meinem Fensterbrett. Oder meinte er, daß sein Geschlecht auf seinem Fensterbrett trockne? Oder trocknet das Geschlecht seiner Frau auf meinem Fensterbrett? Oder meinte er, daß das Geschlecht meiner Frau auf meinem Fensterbrett trockne? Oder trocknet doch mein Geschlecht auf meinem Fensterbrett? So gewaltig wogte der Ozean hinter ihm, daß ich aufwachte. Ich schwitzte am ganzen Leib. Das Kissen war durchnäßt. Ich nahm den blauen Überzug ab und entdeckte, daß das Kissen mit Schafwolle gefüllt war. Zum Lüften stellte ich es geöffnet ans Fenster.

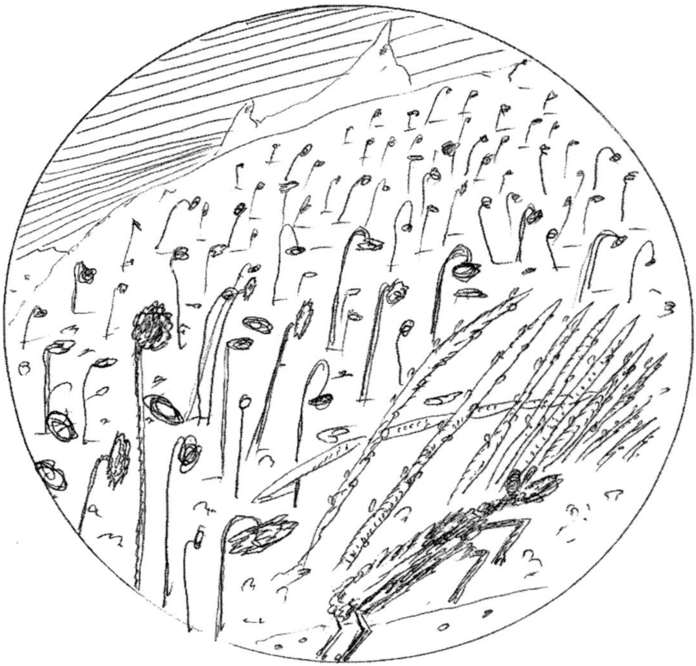

Ich stieg in Richtung Mösl-Alm durch den Wald. Ein Mensch hatte seinen weißen Pullover ausgezogen und wusch sich unter der Achsel mit Schnee. Ich wollte über die Waldgrenze hinaus. Ich blieb im Schnee stecken und dachte, daß die letzten Erlensträucher nächstes Jahr wieder grünen. Wie eine Blume krönten die Spitzen den Berg. Da wollte ich hinauf, um endlich zu mir zu kommen. Die Abendstille umgab mich. Die klare Luft stieg in eiskalten Hosen herum. Ich zog mir den Pullover eines warmen Nebels an. Ich weiß nicht, wie hoch ich kam. Herunterwärts wurde ich zu schnell und stürzte. Ich war noch nicht weit gekommen. Angekommen, rührte ich mich drei Tage nicht mit meinen Rippenbrüchen.

Holzköpfe

Ich weiß nicht, was wieder war. Nur nicht auffallen und verschwinden können. Schnell gewann das Schaf die steil aufsteigenden Wiesen und machte es sich erst zwischen den licht stehenden Lärchen gemütlich, an deren Stämme sich blondes, dicht stehendes Gras schmiegt. War das Schaf aus Versehen in den Ort geraten? An jenem Morgen stand es verloren zwischen den Häusern – da fehlte ihm hinten und vorne und ringsherum eine Herde. Es hätte sich gerne als schwarzer Hund davongetrollt oder wäre lieber als Fuchs weggeschlichen und weggerannt: Hoffentlich sieht mich niemand. Beiläufig verließ das Schaf den Ort, der Navis hieß. Allerdings kam es bei den Lärchen heroben nicht so zu sich, wie es sich in der Leere des Dorfes angeboten hatte.

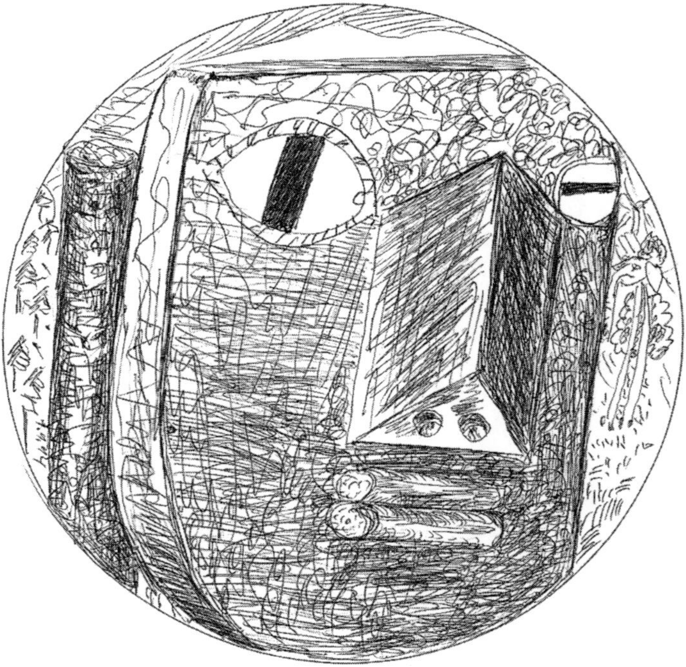

Korega Tabs. Ein Schaf braucht für 1 Jahr 7 Jahre, also 7 Winter, 7 Weihnachten und siebenmal soviel Skiunfälle. Dementsprechend ist unser Schaf eigentlich schon 19 Jahre alt und somit erwachsen. Wann hört die Kindheit auf? Wenn man kein Schaf mehr ist, sagen die Erwachsenen. Die Jugendlichen sagen lieber, daß ein Schaf wird, wer erwachsen wird. Das ist nicht zu lösen. Korega Tabs. Wo wird das Schaf dieses aufgeschnappt haben? In der Nähe der Drogerie? In der Nähe der Kirche? In der Nähe des Wirtshauses? In der Nähe des Kramers? Oder doch in der Nähe des Baches? Dort merkte es, wie es alleinkaute, und zwar das Wort Korega Tabs. Das war kein Gras. Kein Kraut. Kein Heidekraut. Keine Unterhose oder sonst ein Fetzen. Korega Tabs.

Was man alles nicht weiß! Wo das Gras zu Ende geht, hört die Wiese schnell auf. Und dann kommt nichts? Dann kommt, wie gehabt. Also zurück zu den Menschen. Von denen erfährt man was Neues. Sie haben Namen und schauen drein. Sie heißen Otto und sind dem Affenmantel gerade noch entwischt. Wären sie Affen, wären sie zum Anbeißen schön. Aber so sind sie hundsmäßig häßlich, stinken schweinisch und sind so eckig und so grob, daß sie nach Feierabend einen Fernseher brauchen. In den Fernseher wird hineingeschimpft und aus dem Fernseher wird herausgegrinst, das geht den ganzen lieben Abend so. Ich weiß nicht, was ein Fernseher ist. Ein Fernseher ist der Mensch.

Kinder warten auf nichts. Kinder werden von allem überrascht. Ich war sicher für manches Kind das erste Schaf. Da ich nicht in einem viereckigen Kasten herumlaufe, sondern in einer Wolldecke, erkennen mich die Kinder nicht gleich als Schaf. Doch, das ist ein Schaf, sagt dann die Mamma, schau! Das Kind schaut und sucht den Knopf, mit dem es mich ausschalten kann. Da sagt der Vater: Das mußt du mit der Fernbedienung machen. Der Vater findet einen Stein, hebt ihn hoch und wirft nach mir. Da laufe ich weg und bin verschwunden: ausgeschaltet. Ich habe immer mehr Kinder gesehen als Schafe, denn ich bin allein. Ich weiß nicht, wozu die vielen Kinder gut sind.

Nun hatten ja die Menschen eine Brücke gebaut über die Erde. Die Hügel hatten sie aus Geröll gemacht, die Hänge mit Matten überzogen. Die Berge waren aus dem, was sie noch erfinden werden. Die Brücke war selbstverständlich aus dem Besten. Die wenigen Fenster in der Brücke, soweit ich sie erblicke, sind aus dem weiblichen Mozart, habe ich mir sagen lassen. Erscheint ein Mensch an einem Fenster, schreit er: Mozart! Mozart! Ich weiß nicht, wofür das gut ist. Ich habe gehört, daß die Brücke ohne die Erde weiterbestehen kann. Sie ist in sich vollkommen ausgeglichen. Also, wenn die Erde wegsinkt, dann schwebt die Brücke weg. Ich kann mit der Erde schon so wenig anfangen!

Ich war einmal in einer Wohnung. Da hing eine Kuh an der Wand. Neben ihr waren unzählige Blumen. Aber die Kuh konnte nicht auf diese Wiese, sie war eingesperrt. Das Seltsame nur, daß die Kuh gar nicht aus ihrer Steige herauswollte. Sie stand da, wie Kühe immer dastehen, und schaute endlos blöd in die Weite, die sie nicht wahrnahm. Eine andere Kuh lag, wie Kühe immer daliegen, ungeordnete, dreckige Fleischhaufen, im Schatten eines Baumes. Ich weiß nicht, wer die Kühe macht, aber diese kleinen Kühe soll ein Paul gemacht haben. Die seien gemalt, sagte man mir. Was soll das?

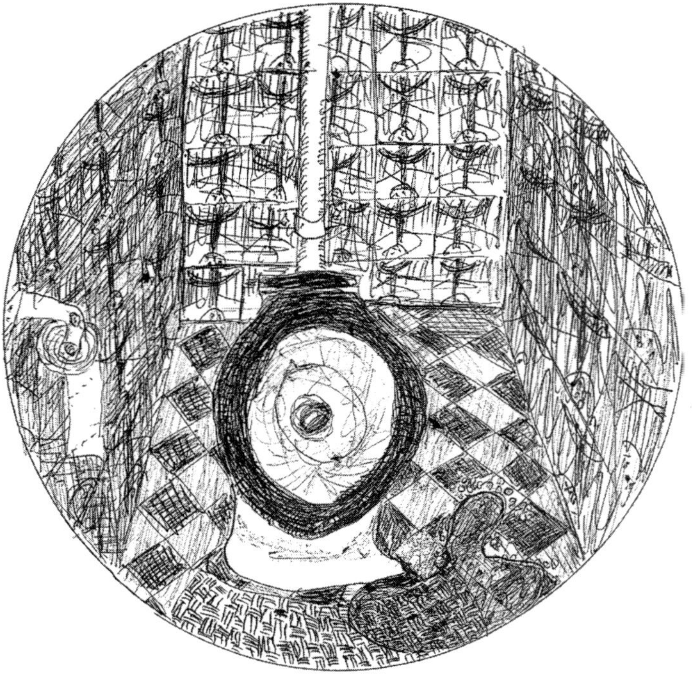

In der Wohnung schickte man mich in ein kleines Zimmer und überließ mich meinem Schicksal. Da ich ein Mann sei, sollte ich den Ringdeckel hochheben. Ich wollte für alles, was ich in dieser ungewohnten Welt tat, gelobt sein. Ich wollte auch von einem jeden Mädchen, das um die Ecke strich, geliebt werden und es meiner Entscheidung überlassen, ob ich diese Liebe erwiderte. Ich muß mich wirklich gut angestellt haben, denn die Erleichterung war enorm. Doch es ging fast alles daneben. Ein gräßlicher Fleck tränkte den Vorleger. Ich legte mich darauf. Die Wolle sog alles auf. Der Haushund wurde geschimpft, daß er heute besonders stinke und sich das Wetter ändern werde. Schafejahre vergingen viele, als ich das Wort Klobrille vernahm. Wo war die Sonne?

Es gibt die Zeit, da man nicht leben kann. Da wollen sie dich an den Kölner Dom anbinden mit dem Versprechen, daß dir das gefallen wird. Unfaßbar ist doch alles, was sie da machen. Nicht zu fassen, wer vorübergeht an so einem unzweideutigen Bauwerk. Unfaßbar, wer hineingeht in so eine große hundertprozentige Falle. Tust du nichts, knackt die Zeit in dir, und du trittst ins Leere. Tust du was, vergeht die Zeit trotzdem. Am Rhein ist es nicht schön, am Rhein sind die Alpen schön. In den Alpen ist es nicht mehr schön, irgendwie war es am Rhein doch schön, am Rhein wie in den Alpen. Irgendwie sollte man sich das merken. Aber man merkt es ja kaum, wie sollte man es sich da merken?

In den Alpen gibt es hohe Berge, und der Schneesturm kommt um die Ecke und droht alles zu verschlingen. Schwarz ist er mit seiner weißen Pracht. Die Magd hat Angst, weil sie vom Rhein kommt und in den Bergen vom Unwetter überrascht wurde, huhu! Drei Bündel sind unterwegs, ein Muttertier mit einem männlichen Kleintier und die schreiende Magd, huhu! Schnell besetzt der Schnee den Weg, und über die Tannen kann man nicht gehen. Das Schaf wird gleich einschlafen in seiner behaglichen Wolle und mit einem Bild von diesem Paul nicht fertig werden, der irgendwie in Venedig gemalt hat, das es auch noch geben soll. Man hatte dem Schaf ein Bild mit Sonnenblumen geschenkt von diesem Paul, da sind sie nun drauf, diese Sonnenblumen.

Da waren Menschen, die waren völlig verpackt und nannten sich Tanten. Die eine hielt die Verpackung von innen zusammen und nannte sich Tante Anna, ließ ich mir sagen. Ella die andere, die so gerne von innen heraus ihre Verpackung zerschlagen hätte. Für ein Schaf waren beide ständig im Begriff, Hochhäuser zu werden. Nun mußte aber Ella ständig gestützt werden, was sein Geld kostete, das aber wiederum die Anna hatte und hergab. Nur im Geld schien ein Unterschied zu sein. Aber nie möchte ich wo leben, wo ich mir um Geld Gras kaufen müßte. Da gehe ich schon lieber hin, wo es wächst. Die Menschen sind was Vernageltes und Verschlagenes und nicht einmal von sich selber. Wenn mir jemand am Leib einen Pullover strickte, wäre ich immer noch freier als die.

Setz dir doch was auf den Kopf

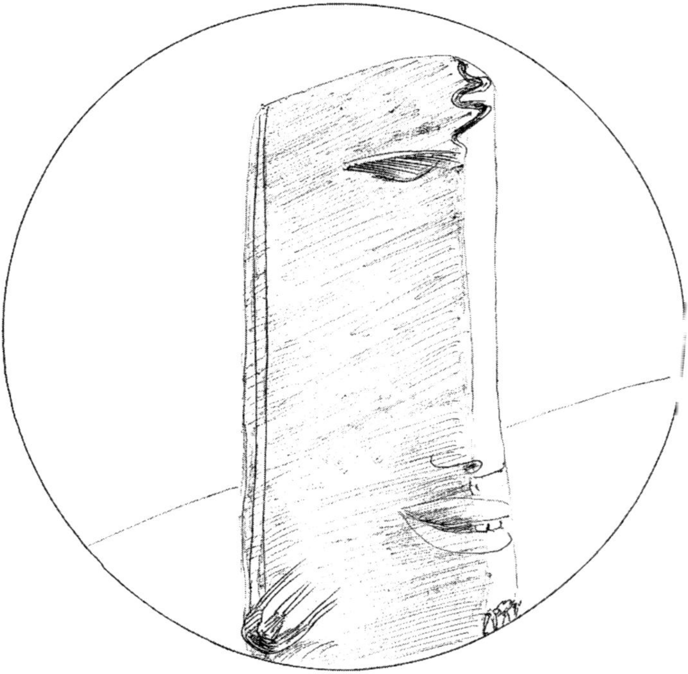

Ich dachte, ich würde gleich einschlafen, da sagte mein Berg: Hätte gern ihre Kniescheiben geglättet. Ihre Beine begradigt, ihren Po angehoben. Das Fächerwerk der Rippen zu breiter angelegten Schultern ausgespreizt. Nichts geht mit dem Körper. Und der Geist ist viel kläglicher, ach! Hebe mich hoch, Alltag, zu etwas Freischwebendem, nein! Diese Kläglichkeit hängt im Körper drinnen, und erst wenn er sinkt, sinkt auch der viel kläglichere Rest des Geistes, so! Zuerst vermutete das Schaf, Herr Quietsch stricke an seiner Wolle, nein! Auch wollte das Schaf annehmen, in einen der üblichen Skier-Unfälle verwickelt zu sein, auch nicht. Nur einige Gedanken saßen da, anwesend und ruhig wie Trauergäste.

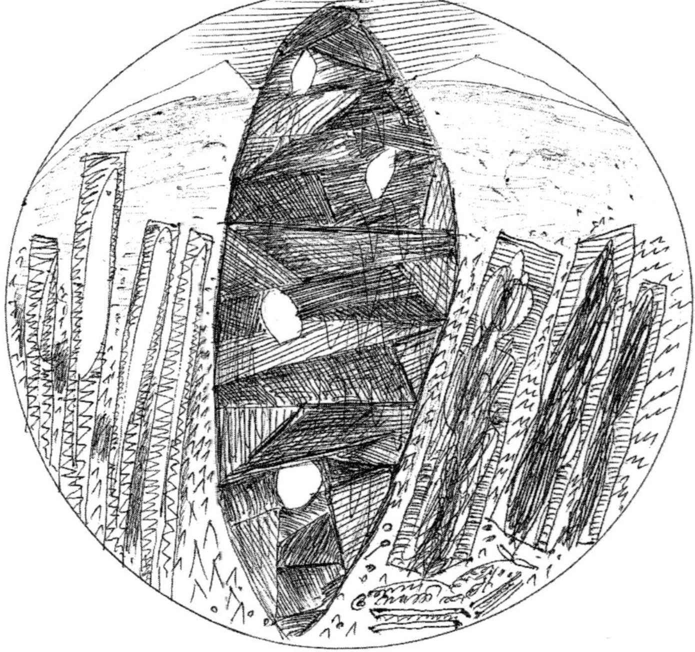

Wenn ich etwas als Minderwertiges einstufen kann, wie kann ich da leben? Wie muß ich mumifiziert sein, wenn ich Mumien erkenne? Wenn ich andere Menschen nicht als Flügel erkenne, wie tief muß ich in giftigem Schlamm stecken! Die Muttermumie ist ganz schwarz, schwärzer als das Schwarz. Aus den schwarzen Binden des Elends dringen strahlend weiße Tränen. Ich kann deine Lebensenttäuschung nicht aus-, nicht aushalten, nicht ausgleichen, nicht ausmerzen, nicht ausschlafen. Das fremdeste Raumschiff bist du. Nicht alle Wassertropfen perlen von meinem fettigen Fell ab, Salzwassertropfen dringen bis auf die Haut durch und trennen sich in schmerzlichen Grenzen mit Flecken, die beim Trocknen leicht jucken, vom Rest der Haut ab. Das kann ich aushalten.

Ich habe mir sagen lassen, daß ich als Kind ein Mensch gewesen sein muß. Wie es dann zu dem kam, was ich nun bin, weiß ich nicht recht. Es haben sich mit meiner Geschichte zu wenig Intelligente beschäftigt. Ich kann mir aber gut vorstellen, daß ich als Baby schon das Gras wachsen hörte. Hörte ich aber nur das Gras, das aus meinen Ohren wuchs, und mußte ich schließlich das Gras, das aus meinen Ohren wuchs, fressen, weil mir sonst nichts übrig blieb? Es ist die Rede von einem Schwert. Schwert = Gehörn. Und daß mich Blumen in die Augen stechen, möchte ich nicht wiederkäuen. Also, was wird das für eine Einsamkeit gewesen sein, die mich zum Schaf machte? Jedenfalls eine, die ich nicht ertrug, und mit der ich als Schaf keinerlei Schwierigkeit habe, im Gegenteil!

Ein Vater muß auf den Tisch! Er hätte mich bestimmt nicht gerettet. Ob eine Bombe auf mich fiel oder ich auf eine Bombe fiel, nichts machte es ihm aus. Wenn mich ein Tiger gefressen hätte, hätte ihm das nicht mehr ausgemacht, als wenn mich eine Laus gebissen hätte. Er zog nicht viel mit Frauen rum: An einem jeden Ort fand er eine, fand er irgendeine. Die Alpen gefielen ihm mehr als andere Gebirge, die er nicht kannte, erblickte sie aber am liebsten aus dem Wirtshaus. Ich war nahe daran, ein Raubvogel zu werden, um etwas von dem zu bekommen, was mir der Vater vorenthielt – aber es reichte, wie zur Genüge bekannt, nur zu einem Schaf. Wenn ich gestorben wäre, wäre es in keiner Stube stiller geworden.

Als ich zu sterben drohte, stellte sich ein Schafsengel in meinen Kinderblick und sagte: Ich bin Irene. Ich möchte ein Kind von dir. Sie ging mit mir in ein kleines Café. Dort waren die Menschen immer so langweilig, wenn welche da waren, daß ich mich danach sehnte, ein Schaf zu sein. Nun zogen wir beide umher, Irene und ich, der Schafsengel und sein Schaf. Ich hatte damals noch keine Hörner und schlug mir manches Mal heftig mit den Fäusten gegen die Schläfen, damit sie mir wüchsen, weil ich annahm, meine Mutter hätte nicht nur mich, sondern auch meine Hörner vergessen. Und den Vater gab es sowieso nicht. Ich hatte ihn in eine Kiste verfrachtet und weiß-das-Gras-wo versteckt. Dann gebar der Engel ein Kind, und es war stärker als wir beide.

Eines Sonntags wollten wir wieder in das kleine Café, aber ich fand es nicht mehr. Im Nacken hatten wir Irenes Muttergöttin, sie schnaufte schwer, und wir waren bedrückt. Ich kannte die Gegend nicht mehr, obwohl es meine Gegend war. Ich wußte nicht einmal mehr, ob wir vor dem Berg waren oder hinter dem Berg. Die rote Sonne wurde groß und fremd. Die Birkenblätter hatten so etwas Schwieriges. Natürlich vögelten wir, und unsere Felle dufteten zusammen. Wir waren hungrig und so müde, weil wir vergessen hatten zu grasen. Dann gingen wir in die Bahnhofswirtschaft und aßen etwas Brot, Weißbrot, 2 Semmeln zusammen. Irene fuhr gegen Westen in den Himmel zurück. Ich machte mich auf den Weg in die Berge, wohin der Schwarzpullover jetzt nicht mehr kam.

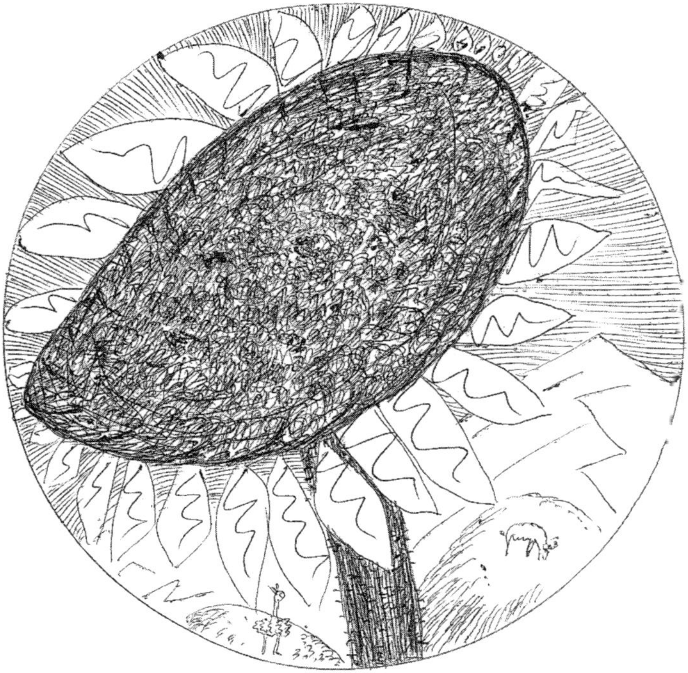

Eines Tages erklärte mir ein Bauer des langen und breiten, daß ich nie Preßsack und Schokolade zusammen essen sollte. Denn, sagte er, wenn du Preßsack und Schokolade auf einmal ißt, er holte tief Luft, als würde ihm schon speiübel, dann mußt du kotzen, unweigerlich. Wie sollte ich Schaf Preßsack und Schokolade zusammen essen? Da hätte er genausogut sagen können: Setz dir was auf den Kopf. Was sollte ich mir auf den Kopf setzen, etwa Schokolade? Oder gar einen Preßsack? Zwei Hörner setzte ich mir auf den Kopf. Der Bauer ist aber an ganz was anderem gestorben. Und doch war es einmal soweit: Ich hatte Preßsack und Schokolade zusammen gegessen. Ich ruhte auf den Knien im Schnee und kotzte.

Wenn es im Herbst so ruhig geworden ist, daß man gegessen werden möchte, dann hebt ein Geräusch an, das man vergessen hatte, und das sich zum stoßweisen Heulen steigert, dann weiß man, dieser Lärm wird erst vom Schnee erstickt, der zuerst unheimlich in einem liegt, bevor er auf einem lastet. So voll Schnee, ist man ganz tot. Das ist das schwerste Gewicht in einem. Ein jedes Organ ist noch schwerer als das andere. Voll dieser Poltersteine muß man Ruhe geben. Man ist ein totes Schaf. Aber das eine Schaf ist so schwer, weil noch ein Schaf auf ihm liegt. Und über dem zweiten Schaf lastet noch ein drittes totes Schaf. Dann schmerzt nur noch die Haut von innen, das ist die Trauer. Weil einem das Fell abgezogen wird, ist einem so elend.

Wenn ich mich ergeben habe und es in mir nicht mehr kälter ist als außerhalb von mir, sich das Zittern gelegt hat, dann höre ich meine Eltern reden. Angeregt unterhalten sie sich, unterbrochen von herzhaftem Lachen. Einmal geht ihren Einfällen ein Lachen voraus, das in den Einfall schießt und er gerade noch verständlich ist. Ein andermal hetzt das Lachen dem Einfall derart nach, daß er fast verschlungen wird. Es geht um mich. Ich bin ein Baby, und man berät sich, wie man mich verspeisen möchte. Der Vater möchte immer nur einen Preßsack von mir, aber nicht vom Kopf. Meine Mutter ekelt sich vorm Preßsack, aber wenn, sagt sie, dann müßte man ihn vom Kopf machen, der ausgekocht gehört. Das ist eine Sülze, meint mein Vater. Ein Kindskopf in Aspik, nennt es meine Mutter.

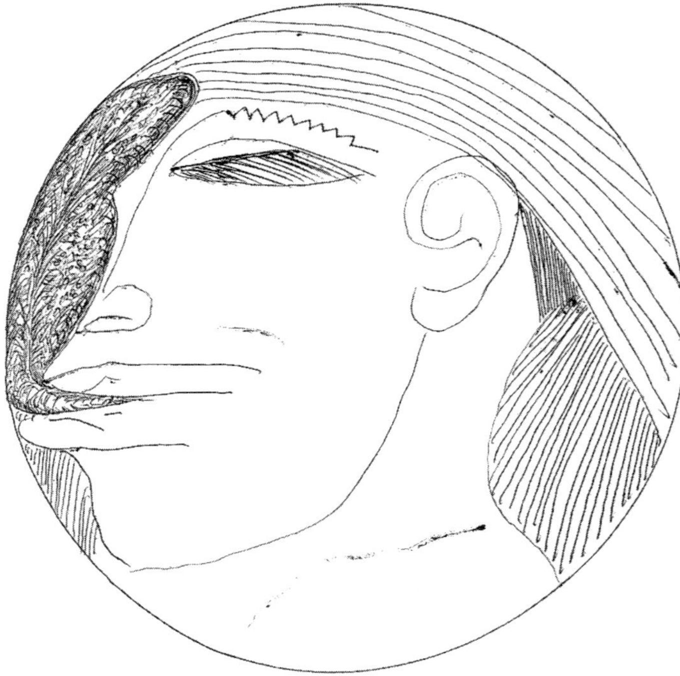

Unter dem Geschwätz meiner Eltern fällt mir ein, wie ich wohl aussähe, wenn ich ein Mann geworden wäre, statt dieses sattsame Schaf. Wäre ich ein Wagenlenker geworden, der mit 6 Pferden einem rauschhaften Sieg entgegenrast – entgegengrast? Ich hätte als Sohn eines Pharao den Thron des Pharao bestiegen und die Sonne einem Gott in die Hand geworfen. Oder wäre ich in einem Strohboot Amerika entgegengesegelt, im Sturm umgekommen, hätte ich die Tannenbäume verflucht. Oder in Tibet hätte ich dem buddhistischen Spuk jede Macht abgesprochen. Laßt mich zu Pferde über die Prärie reiten und die gezählten Gräser verspotten. Auch woanders könnte ich meine Verachtung der Erde ins Antlitz ritzen und kratzen, statt mich im Schnee und als Schaf umzusehen, stumpf und lang.

Der Liebe entkommen

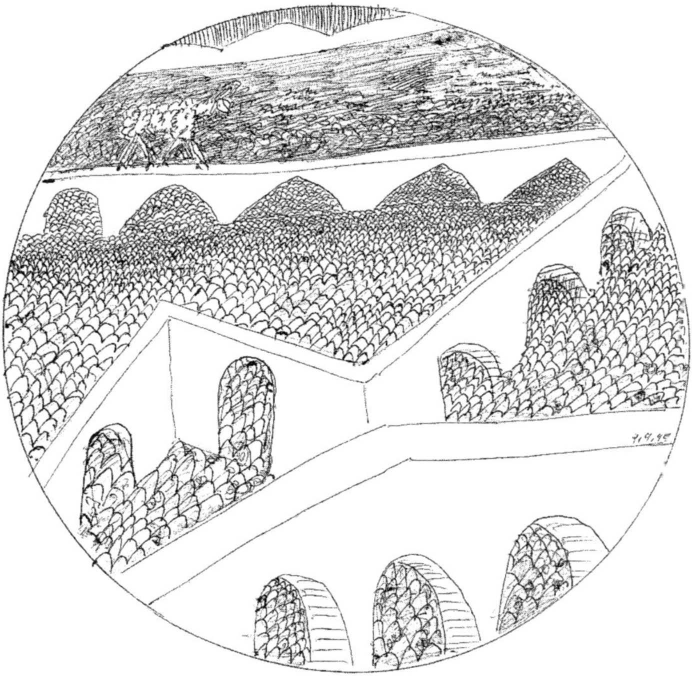

Schreiten mit starker Position, habe ich mir sagen lassen. Paul hat Venedig gemalt als blaue Sülze, himmelblaue Sülze. Da Venedig eine Stadt ist, wie ich gehört habe, kann es nicht anders sein als Köln. Köln habe ich gesehen. Und in einer Wohnung in Köln bin ich gewesen, wo ich die drei Bilder meines Lebens gesehen habe. Also kann ich für die drei Bilder geradestehen, auch für Venedig, weil ich Köln gesehen habe. Und dieses Bild von Venedig von Paul hat mir angst gemacht, weil es falsch ist. Venedig ist eine Stadt. Und eine Stadt ist aus Stein, wie ich in Köln gesehen habe. Und wenn der Rhein von Venedig nicht nur wie in Köln durch Venedig fließt, sondern um Venedig herumfließt, dann sind die Steine von Venedig nicht himmelblau, sondern fest.

Regenschauer. Mein Fell, auf mein Fell gebe ich doch so acht! Kein Vogel vernachlässigt seine Federn, unabhängig von seiner Intelligenz. Auch dieses christliche Abendland vernachlässigt nicht sein Kreuz: Ein jedes Fenster ist mit diesem Kreuz geschmückt. Auch wenn sie sich ein Jahrzehnt heidnischer Glätte hingaben, so tauchen doch wieder selbst in meiner ländlichen Gegend diese Kreuze in den Fenstern auf. Daß aber keiner vor diesem Fensterkreuz kniet, gibt mir zu denken. Welche Mühe hat ein Vogel mit seinem Gefieder, damit er wieder Gnade findet vor den Lüften. Es war in Köln, da ritt ein Herr durch einen Regenschauer, er hielt eine Blume. Die Blume sollte wohl Wasser bekommen.

Daß Kinder gerne zusammen in Ställen scheißen, das mag schon sein. Daß es ihnen zusammen Spaß macht, warum nicht? Um später zusammenzuhalten, mag das sogar wichtig sein. Ich mag nämlich den Geruch nicht. Neben dem Schweinestall untergebracht zu sein, zeugt vom Niedergang des Bauernstandes. In besseren Zeiten waren Schafe in eigenen Ställen untergebracht. Und wenn der Hühnerstall in der Nähe war, so hielt man sich die Ohren zu vor dem morgendlichen Gekrähe. Aber im Kuhstall neben den Schweinen allein zu sein, da kriege ich solche Angst! Da war auch ein Pferd im Kuhstall. Kühe und Schweine brauchen keine frische Luft, und meinetwegen auch Menschen nicht, aber Schafe und Pferde! Obwohl ich Pferde nicht mag.

Herr Quietsch sollte mal auftauchen. Wahrscheinlich ist er Professor geworden. Läuft in einem Talar gesetzten Schrittes durch eine Stadt. Hat sich einen Rappen gekauft und trägt seine Meinung wie eine strahlende Blume vor sich her, die er abgeschnitten hat. So angefangen: aus der Erde gewachsen und von der Liebe gekappt, leblos am Tag und angstvoll nächtens, mag er sein Geld verdienen. Ich bringe in den Ablauf meines Lebens keinen Abstand dazwischen so dick wie ein Grashalm. Da läuft über den Hang der Schafsteufel mit diesen lockenden weißen Punkten im schwarzen Gewand, das sie rafft, Gerda heißt sie und will vier Kinder von mir. Ich springe sofort geschwärzt den Hang hoch, aber wie weit, bin ich eine Gemse die in den Steinregionen zurecht kommt?

Hat man das je gesehen, daß ein Schaf heiratet, oder auch nur gehört? Wozu auch? Welche Verwandlungsmöglichkeit bleibt da einem Schaf? Es mag sich anstrengen, wie es will. Es kann nicht zur See gehen. Kann sich religiös nicht so weit festigen, daß ihm eine Sicherheit für sich und andere zuwächst. Auch zu Tode trinken kann sich ein Schaf nicht, denn der Instinkt ist stärker als alles andere. Ägypten ist längst untergegangen. Es wurden dann 7 Kinder, jedoch nur die ersten vier ließen wir am Leben. Den Rest verspeisten wir in zartestem Zustand als Einlage in einer holländischen Buchstabennudelsuppe. War teuer und schmeckte gar nicht. Ich hörte mein Herzklopfen: TAKLA BASH TAKLA BASH, wie ich über die Prärie sprengte und gleich dazusein wähnte.

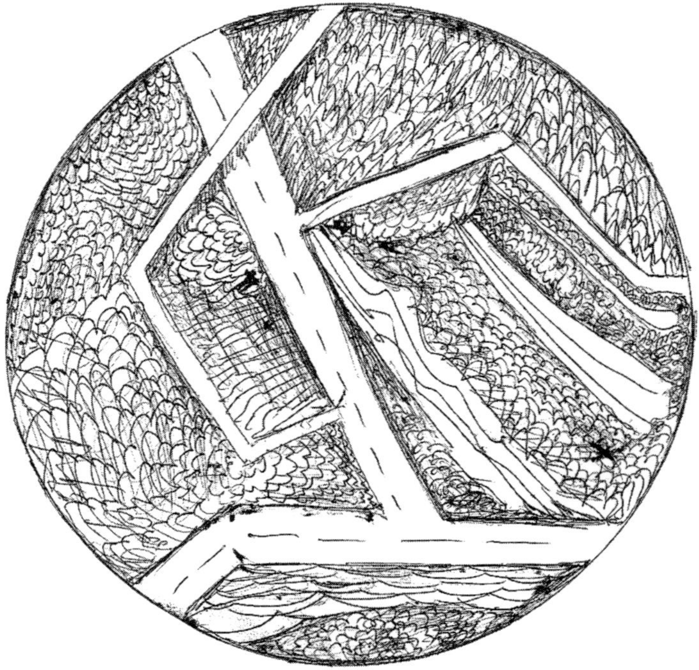

Wenn du Kinder hast, mußt du Allgemeines über dein Gesicht fahren lassen. Zuerst schaut eine Frau vom Kinderamt nach, ob die Familie nicht in einem Schafstall wohnt. Wir nicht, aber er, sagt die Frau und deutet auf mich. Dann kommt das Schulamt und beanstandet, daß die Kinder die Schuhe untereinander anziehen. Also 2 linke Schuhe, das geht nicht, nicht große, nicht kleine durcheinander, verschiedenfarbige ebenso nicht. Dann kommt das Kriminalamt und beschwert sich, daß bei den Kindern kein Rauschgift zu finden ist. Dann kommt das Pfarramt und bittet, die erwachsenen Kinder in Krebskranke und Aidskranke einzuteilen, wobei nur die ersteren erwünscht sind. Ich frage das Verkehrsamt, ob die Kinder 2 Tandemradl zusammenschweißen dürfen. Das geht nicht. Und jetzt kommt das Leben für sie.

Seit ich denken kann, zwingt mich der Name Zimmermann in die Knie. Meines Wissens nach fing das mit dem Dorfpfarrer an, der einen zwang, sich in den Straßenschotter zu knien, und einen zwang, ihn mit Jesus Christus zu verwechseln. Dann kam der Postbeamte, der einen zu mißbrauchen verstand. Der nächste Zimmermann war Amerikaner: Er wollte und wollte einen nach Amerika holen, schickte lediglich so kurze Hosen bis zum Knie. Dann kam der Arzt Zimmermann, der mir die Mandeln herausriß, so daß ich alles schlucken konnte und ich auf den Knien Dschingis Khan bat, mich längst gerächt zu haben, indem er bei Leipzig 60 000 Bayern erschlug. Als ich endlich die schönste Freundin hatte, kam wieder ein Zimmermann mit seinem Segelboot. Ich hielt und hielt das Anlegeseil. Doch die hißten die Segel, und ich plumpste ins Wassser.

Die Versuche meiner Mutter, mich zu bändigen, sind nicht weniger kläglich. Nachdem sie mir meine Ausscheidungen nicht mehr auf den Leib schmeißen konnte und ich auch zu groß war, an einen Stuhl gebunden zu werden, selbst den Tisch hatte ich bis zur Glasvitrine gezogen und ihm das ganze Glas kaputtgestoßen, und nachdem ich so frei war, mich nicht mehr in die zu kleinen Schuhe zu pressen, und barfuß lief. Ja, als sie mich im Winter in den eiskalten Bach stieß, damit ich steif gefroren halb manierlich neben ihr die 5 Kilometer herging, und als ich sie einfach in den Bauch boxte, wenn sie wieder behauptete, daß sie es nur gut mit mir meine, ja, da blieben nur meine Haare, die sie mit ihrer Spucke einrieb und mit ihrem Kamm glättete.

Ich kann überhaupt niemand verstehen, der seine Mutter nicht haßt. Eine Mutter ist die klebrigste Masse, die es gibt. Sie ist ein Taucheranzug, dem du nicht entrinnst, weil sie überall nur die Tiefsee erblickt. Ich kann verstehen, wer einige Türken haßt und sie kastrieren will, meinetwegen. Auch soll sich den Schädel einschlagen, wer will, er hat meinen Segen. Doch eine Mutter, die unter ihrer Sonnenblume steht und vor Wonne in die Hose pißt, der hau ich diese Blume um. Der Herr Jesus hat gefragt, was er mit dieser Frau zu tun habe. Als man ihm erklärte, es handle sich um seine Mutter, wandte er sich angeekelt ab. Hitler hat seine Mutter so geliebt, daß er ihr Millionen Juden opferte, nur weil er sich einbildete, ein irgendwie jüdischer Arzt habe sie nicht heilen können.

Um kein Verbrecher zu werden, wurde ich Krieger. Vielleicht ist das sogar im Sinne meiner Mutter. Ich hatte keine Zeit darüber nachzudenken. Nun war ich 30 Jahre, und mein Schwert war gewiß nicht das stärkste. Jedoch verschonte es niemand und nichts. Ich sah diese Luftschlösser, und es war einfach, darin mit meinem Messer umzurühren. Doch war ich nicht zu scharf, und gab es etwa nichts zu töten, weil keine Herzen vorhanden waren? Aber wer kennt den Stolz, wohl bewaffnet durch die Nacht zu reiten, und daß es sich nicht lohnt, die Herzen zu suchen, um sie zu töten? Doch wenn es auch keinen Zeugen gibt, so vermag er wie alle Stärke, und auch alle Schwäche wohlgemerkt, in sich selber zu versinken. Die Gerechtigkeit ist wohl zu bemerken im Unmaß der Ungerechtigkeit!

Dann kommen sie in der Nacht und wollen dich für ihre Gerechtigkeit gewinnen. Als hättest du geschlafen. Sie fordern dich auf, bei ihrer gerechten Sache mitzumachen, als hätten sie dich geweckt. Dann müssen sie auf einmal ihre Demokratie verteidigen, die sie doch nie wollten, und sie reden auf dich ein, deine einsame Position aufzugeben, die sie doch gar nicht kennen. Und sie, die gerade aufgestanden sind, ertragen dein Nichtstun nicht. Du mußt ihnen folgen, und wenn du ihnen nicht folgst, dann bringen sie dich um. Da ihnen die Gerechtigkeit so lange fremd geblieben war, rüttelt die Gerechtigkeit sie auf einmal so heftig, daß sie dir mit ihren Schwertern drohen. Noch einmal sagen sie: Schließe dich an! Sonst – Sie ziehen die Schwerter, aber da sinkst du schon tot um. Du hast es alleine geschafft.

Shakespeare Sister

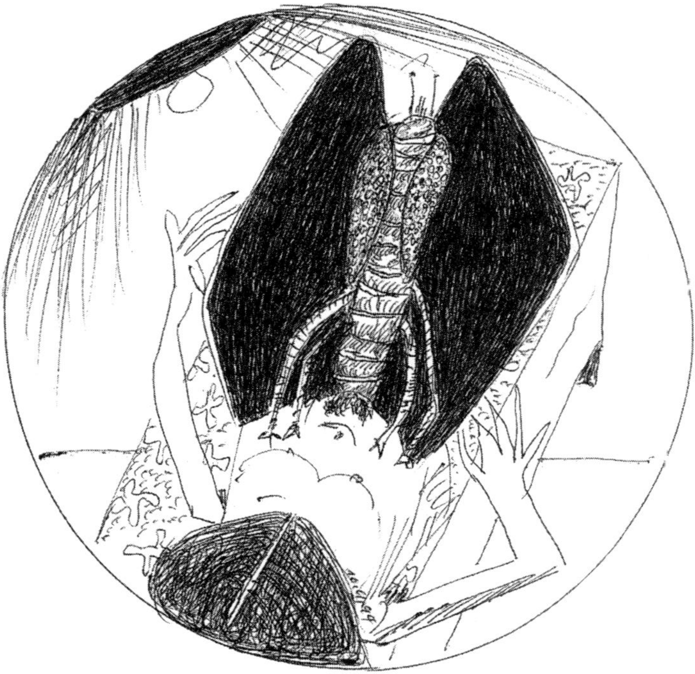

Die Nacht ist auf einen jeden Fall beschissen. Ich weiß nicht, wo ich in der Nacht bin. In der Frühe bin ich immer erschlagen. Ich habe nur den abgegriffenen Holzgriff des Schwertes in der Hand, und sonst nichts. Und klappere mit den Zähnen. Kein Schwert, kein Pferd. In der Holzwand meines Pferches sehe ich das Pferd gezeichnet. Das Pferd ist hinter der Steinwand, große Feldsteine aufeinander gefügt, die Ritzen mit Sand und Lehm vermischt gefüllt. Auf meiner Seite des Schuppens sind viele Steine der Wand ausgebrochen und bis zum Eckpfeiler, einem provisorischen Stützbalken, ist die Wand niedergebrochen von der Gewalt der Zeit und der Macht des Regens. Der Wind pfeift herein, ich könnte mich im Freien fühlen, wenn da nicht vorne, außerhalb des Pferches, der freistehende Trockenabort der Menschen hereinstänke.

Die Nacht ist auf einen jeden Fall beschissen, und wenn ich in meiner Behausung erwache, weiß ich nicht, wo ich bin. Wenn es nicht stinkt, dann klatschen die Holunderblätter hart auf ein gelockertes Brett, das im Wind quietscht, und der Regen sagt nur eins: Ich höre nicht auf. Ich höre niemals auf. An der noch glatten Wand zum Pferdestall steht auf Stützen ein zweiteiliger Hasenstall, der in zwei Kofen geteilt ist, der eine ist leer. Und im anderen ist die Nase der Häsin immer an der gleichen Stelle. Seit Tagen bewegt sich die Häsin nicht, nur ihre Nase macht, was Hasennasen immer machen, wenn sie es noch machen. Ja, sie macht es noch. Sie ist silbergrau und angeblich reinrassig. Wir reden nicht miteinander.

Wenn ich da wieder heraußen bin, dann eile ich den abgebrochenen Flinshang hoch, an den das Haus und dieser Stall gebaut sind, und wetze an den mannshohen Weichselbäumen vorbei und ziehe weiß Gott wie weit, aber dann bin ich ja schon wieder mit dem Gras beschäftigt, das um den Sandbäderlöchern der Hühner immer besonders grün und saftig ist, weil es der Bauer wegen der engstehenden Weichselbäumchen nicht mähen kann. Wenn es nicht nach Hund stinkt, bin ich hier den ganzen Vormittag beschäftigt und finde mich schon wieder zurecht. Manchmal jagen die Hunde in einer dummen Stimmung die Hühner. Es sind vier Hunde, die nicht ausgelastet sind. Der jüngste hängt sich manchmal mit seinem Gebiß an mein Bein und möchte scherzen. Ich weiß nicht, was er sich dabei denkt.

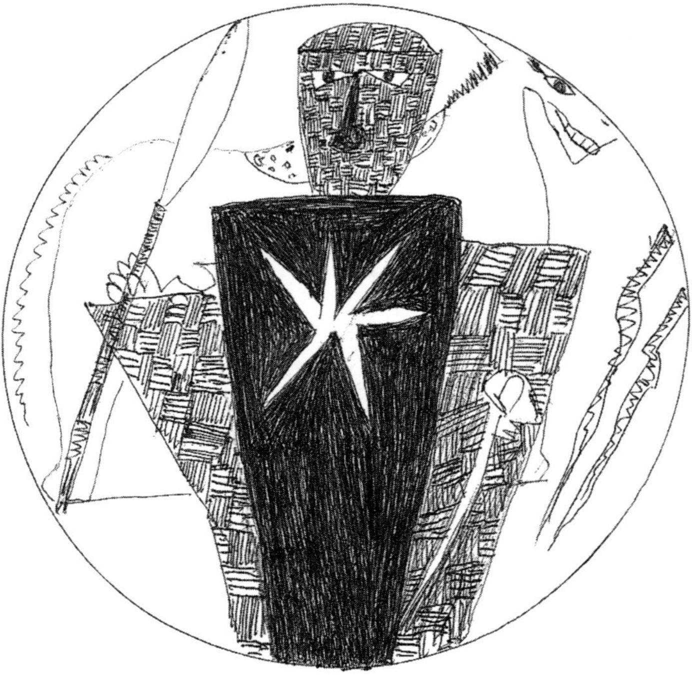

Die Nacht ist auf einen jeden Fall beschissen. Ich weiß nicht, wo ich hingehe, wenn ich ausgehe, Gerechtigkeit zu üben, ich finde mich dann einfach nicht. Man hört auch nichts von erschlagenen Männern, höchstens von geschlagenen Frauen. Es ist etwas Schäbiges an meiner Erinnerung, ganz im Gegensatz zu dem stolzen Zug, den ich manchmal empfinde. Ich scheine für nichts gut zu sein und nur mir selber eine Last. Die Häsin ist da auch kein Trost. Hat so ein schönes Gesicht, so adrett. Die Vorderpfoten hält sie tapfer unter ihr Haupt, dann faucht sie auch manchmal, als wäre jemand da, der sie stört, sie hat nämlich zwei Junge zwischen den Hinterbeinen. Die kann sie aber nicht mehr bewegen. Die sind steif, langsam verfaulen die, was stinkt.

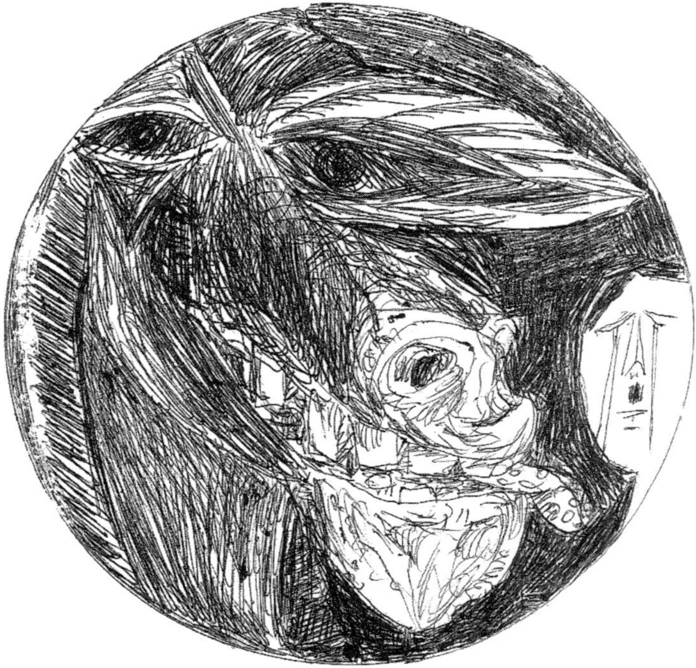

Die Nacht ist immer beschissen, und es macht mir nichts aus, wenn ein Hitler weint. Ich habe viel gesehen in dem schwarzen Vorhang der Nacht, der so wenig freigibt. Ich bin doch nicht vom Schlafen so müde. Wenn sie manchmal das Pferd auf die Weide lassen, dann prescht es in den Garten hoch und frißt sich krank an den Äpfeln. Von denen, die es zertritt, mag ich dann auch kosten. Ist seine Stalltüre zugefallen, kommt es zu uns in den Unterstand, mehr ist das nicht mehr. Man hat mich wieder einen Tag lang vergessen, und ich muß mich von dem verlegten Gras in meinem Pferch nähren. Die Häsin hat man dann auch vergessen, und die kleinen Jungen mußte man dann nicht mehr töten. Das geblähte Pferd furzt dann fürchterlich, meinen Träumen gemäß.

Drei tote Hasen, ein geblähtes Pferd, und ich eingesperrt. Mein Gott, dachte ich mir, wie werden die mit ihresgleichen erst umgehen, wenn sie sich keinen Nutzen mehr versprechen! Das Pferd heißt Shakespeare Sister, wir haben keine Schwierigkeit miteinander, wenn ich den Respekt wahre. Das hat sich mit der neuen Landbevölkerung aufgehört. Nachdem sich die alte zugrunde gerichtet hatte, ging ein jedes Interesse an uns Haustieren verloren. Das Geflügel war gleich am überflüssigsten. Pferde und alte Haustierrassen, wie sie in den Alpen noch üblich waren, wanderten in den Tierpark ab, soweit Interesse. Und mein Leben als Schaf ist inzwischen zur Genüge bekannt. Nur muß ich für heute noch aus diesem Stall.

Das furzende Pferd schlägt mit den Hinterbeinen wild um sich. In der Nacht, sage ich zu ihm, weinst du. Ja, aber sage es niemand, sagt es. Doch! Ich sage es jedem. Ich sage es auch den Eseln, sobald ich einen von ihnen treffe. Da zertrümmerte Shakespeare Sister meinen Pferch mit der Hinterhand, so sehr war sie in Wut. Endlich war ich frei. Ich sage es niemand, tröstete ich Shakespeare Sister. Und wir berührten uns mit den Schnauzen. Ich weiß nicht zu berichten, ob Shakespeare Sister meine Schnauze annähernd so weich fand wie ich ihre. Aus den Nüstern blies sie mir etwas zu viel Luft, und ich mußte den traumhaft schönen Zustand mit einem Niesen unterbrechen.

Wenn ich daran denke, bin ich immer noch gerührt.

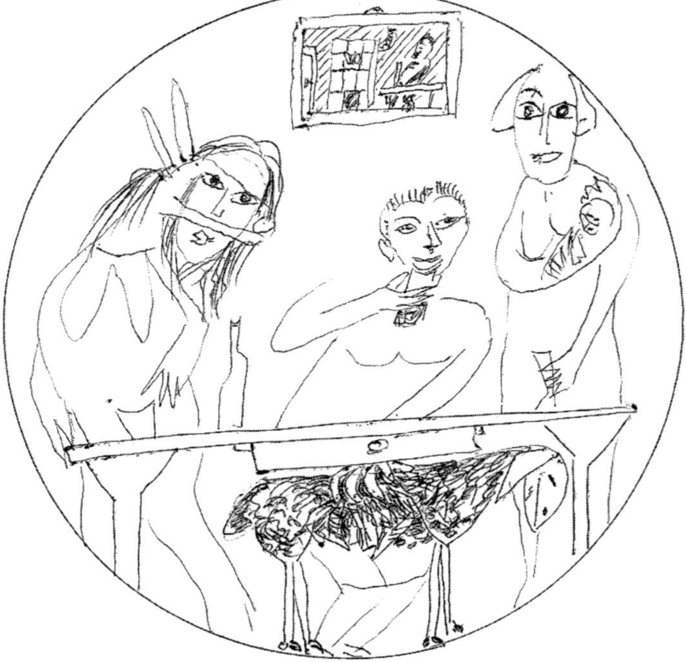

Die neue Landbevölkerung ging mit ihrem Hab und Gut viel freier um als die alte, die sich an alles geknechtet hatte. Landwirtschaftliche Geräte waren jetzt überfällig und landwirtschaftliche Maschinen hinfällig. Die Haustiere, soweit sie grasfressende waren, konnten machen, was sie wollten. Den Hunden erging es schlecht, sie mußten sich umstellen, soweit sie nicht an die Touristen weggegeben wurden. Ich war so beliebt, daß man mich auslieh. So kam ich nach Italien. Von einem reißenden Fluß hielt man mich weg. Abends durfte ich in der Wirtschaft dabei sein. Drei Schwestern hatten ihre Freude mit mir, die mittlere kraulte mir unter dem Tisch sogar den Rücken, da bückte ich mich immer wieder, als hätte ich Schnürsenkel zu binden.

Einmal schaute mich die größere so an, daß ich nicht wegsehen konnte. Ich kannte sie gar nicht, nur die Augen ließen mich nicht los. Sie war so kräftig wie Shakespeare Sister, doch viel weicher. Sie hat mich nie berührt. Als sie mich in ihr Zimmer einlud, war ich ganz krank, leider fiel mir nicht ein, daß ich bei ihr hätte genesen können. Ich ahnte zu ihrem Leib einen anderen als den, den sie hatte. Wann immer ich kommen möchte, sagte sie, habe sie neben ihrem ein Zimmer frei, und das war gewiß kein Stall. Immer wenn ich an sie denke, möchte ich über die Berge rennen und in ihr Tal hineinlaufen, bis ich da bin, an diesem grünen, reißenden Fluß. Scheint's fand sie das Wort nicht, das den Bann gebrochen und ihren Körper bezeichnet hätte. Sie zog sich in ihre Kreuzschmerzen zurück. Wie ich.

Ihre erste Schwester war da anders. Bei ihr vergaß ich Shakespeare Sister und war gleich daheim, wie man eben daheim ist, wo es nichts Fremdes gibt. Sie erkannte mein Schafschicksal und bettete sich zu mir. Sie anerkannte mein Schafschicksal, muß ich mich verbessern. Auch die jüngere Schwester sah mich und nicht das Schaf, sie erzeugte eine gewisse Sehnsucht zu mir, sie erkannte in mir Welt, das ist mir noch nie passiert. Ich weiß nicht, warum ich nicht mehr hinfinde. Ach so, ich war ja ausgeliehen. Und ein Bedürfnis nach mir scheint nicht mehr vorhanden. Ich habe gerne mit ihnen getrunken. Und wenn wir zusammen im Auto fuhren, atmete die Landschaft durch und fragte nicht in einem: Na, was ist? Was soll schon sein, muß ich immer zur Antwort geben und Gras fressen.

Vorhäutlers Ende

Ich gab mich nicht immer dem Fraße hin. Manchmal ging ich wie ein Pferd fürbaß. Fing ein Sonntag mit kaltem Regen an, so war ich doch nachmittags unterwegs und trieb mich herum, wo ich Pilze vermutete, die kamen ja nicht weit. Ich fraß sie nicht, aber roch sie gern. Auch war das mal was anderes als Gras. Der Geruch hatte die seltsamsten Wirkungen, manchmal wurde mir grün vor den Augen, und ich legte mich ins Farnkraut. Ein andermal sah ich einen roten Pullover vor mir, und das an einem schwülen Sonntagnachmittag. Da konnte man nur noch gegen einen dieser Elektrozäune pissen, um die gesuchten Plagen der Pilze zu verscheuchen. Immer suchte ich einen, der mich lustig machen sollte.

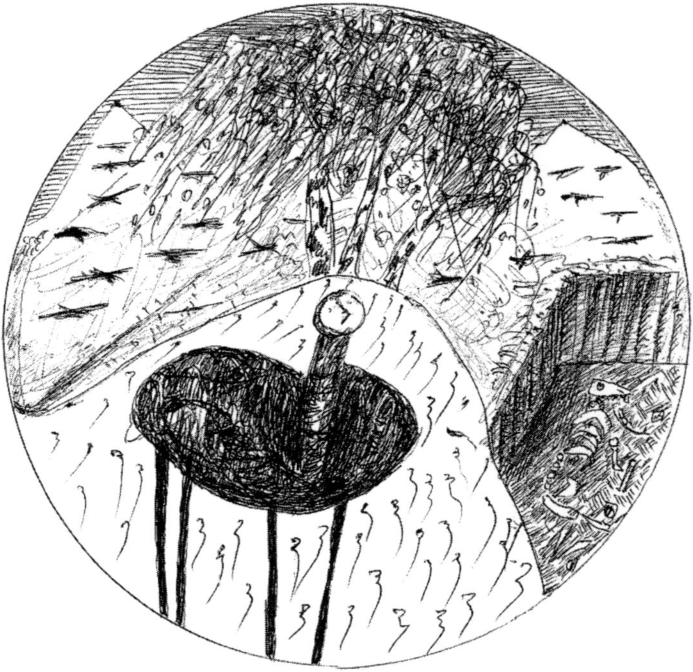

Nachdem man die Reste der alten entfernt hatte, kam nicht über Nacht die neue Landbevölkerung. Die Krähen stellten sich immer wieder vor. Ja schon, sagte man. Ihr seid zu klein. Zu klein, fragte der Boß der Krähendelegation entgegen? Wir sind viele! Ja, viele waren sie, und hatten manche Landplage überlebt, etwa den Friedensschluß von 1648. Da gab es auf einmal nichts mehr zu fressen, von Leckerbissen keine Rede. Andere erinnerten sich an die Zeit um 1350. Da war es aber zu viel des Guten. Denn die Leute verbrannten ihre Toten mit giftigem Räucherwerk. Man wußte nicht mehr, wo oben und unten ist, ähnlich dem blendenden Neuschnee, da die Sonne sich aus allen Ecken meldet.

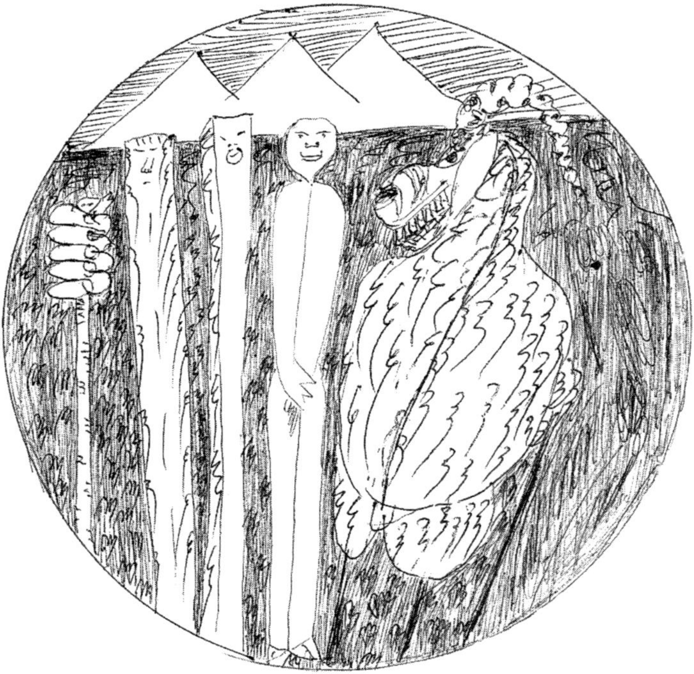

Mit einer Gruppe ortsüblicher Geister sollte ich in die Stadt vor den Alpen, nach einer neuen Landbevölkerung Ausschau zu halten. Geh weg, geh weg, hatten mir die Birken zugerufen. Und als es soweit war, riefen sie: Geh mit! Geh mit! Wenn die mich mitnehmen, sagte ich mir, taugen sie nichts. Was sind die ewig um ein paar Blätter gestolpert! Da schüttelten die Birken sie und baten sie, doch einmal ein wenig vernünftig zu sein und sich um unser Tal zu kümmern und einmal aus ihren Nasenlöchern hinauszusehen! Wer kann das schon! Zuerst war die Stadt ganz nah, dann aber erschien sie nicht. Überall waren noch diese Vorhäutler, diese übliche Landbevölkerung, die langsam aber sicher das Land zugrunde richtete.

Bis ich mich dreimal umsah, hatten sich die Geister verduftet mit ihrem uralten Trick, sich in ihre Nasenlöcher zurückzuziehen und unwirksam zu sein. Da war die Stadt. Mein erster Gedanke: Das ist mein Tod. Ich hätte mich so gerne verwandelt, aber meine Zeit war noch nicht gekommen. Die Leute mußten alle ihren Nasen nachgegangen sein, denn die Straßen waren leer. Am Ende einer Straße stand immer so ein Pipifax, ein Turm, eine Säule oder ein Heiliger, der sein Kreuz in die Luft hielt, um das man ihm aber das Fenster weggeschlagen hatte. Ich habe mir sagen lassen, daß in der Stadt nichts los ist, wenn nicht Soldaten marschieren oder Betrunkene herumtorkeln oder die Autos herumrasen, in die sich die Menschen, vor weiß Gott was, flüchten.

In der Stadt traf ich vor einer Kneipe die Touristin, die so gerne behauptete, ein Kind von mir zu haben. Das Kind hatte sie dabei. Es war noch gar nicht so gewachsen. Manchmal weiß ich nicht, wo die Zeit bleibt, hat sie sich hinter den Mülltonnen versteckt, oder ist sie vor ihnen weggelaufen. Da bist du ja, sagte sie, setz dich zu uns! Ihr Begleiter lobte die Pflastersteine. Ich dachte mir nichts. Später kam mir, wie unhöflich die Leute sind. Soll ich dir was bestellen, fragte die Touristin. Sie wollte mich demnächst besuchen, weil, wie sie sagte, ich ohne sie doch so hilflos sei. Ihr Begleiter lobte die Pflastersteine. Ich wartete, damit sie mich einluden, ihre Bestellungen zu bezahlen, aber diese Freude machten sie mir leider nicht.

Nun, Pflastersteine sind für Klauen nicht der beste Untergrund, Trottoirplatten bevorzuge ich. Sie sind manchmal bewachsen, hoffentlich fragt mich niemand, mit was. Ich konnte mir in dieser Angelegenheit leider nichts sagen lassen. Eigener Beobachtung nach kann ich die Lokalisation dieses flachen Pflanzenwuchses weitergeben. Wie immer ist Sonne und Wasser von ausreichender Bedeutung. Beides gibt es in der Stadt, doch wird dauernd über sie gelaufen, und das mögen keine Pflanzen. Sie müssen sich irgendwie aus den Pflasterritzen emporheben und dann gleich flach weiterwachsen, damit sie das nötige Blattwerk haben. Unter Balkonen wird weniger gelaufen, und Wasser rinnt herab. Und die Sonne hat schon mal eine Stunde Zeit zwischen den Häusern.

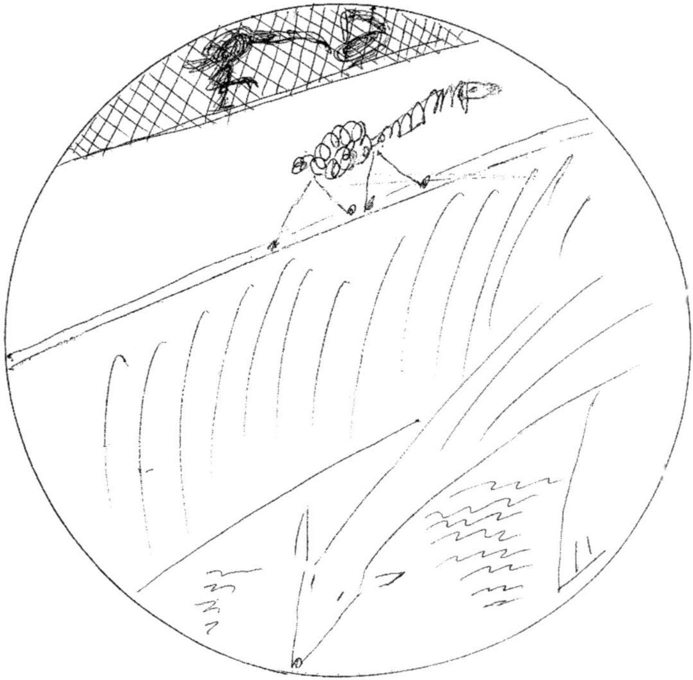

Endlich fand ich den Einlaß zum Tierpark. Ein Elefant schrie gleich herum, wer denn ich sei, daß ich das Gesicht Mitteleuropas verändern wollte, ich sollte mich mal in Afrika umsehen, da gäbe es genug Elend! Und wenn ich für Indien Spenden sammeln wolle, dann sei das auch o.k., er sei schon mal in Amerika gewesen und blicke da durch. Auch so ein Vorhäutler, dachte ich mir. Die treten doch die Almen zusammen, riet ich mir von Elefanten ab, obwohl sie die lästigen Bäume ausreißen könnten. Ob der Eisbär ein Vorhäutler ist, weiß ich nicht zu berichten. Der tat mir gar nicht lange schön, sondern murrte nur, daß er mich gleich frißt. Der mochte zwar schnell mit den Vorhäutlern aufräumen, aber die Touristen frißt der ja auch gleich mit.

Ich verstand mich mit den Leuten im Tierpark ganz gut – aber nur, wenn keine Vorhäutler in der Nähe waren. Da sich die Vorhäutler in ihrer Panik derart vermehrt haben, zum Ende ihrer Zeit, ist eine Sprechstunde mit meinesgleichen unmöglich. Ihr Rascheln, das sie Sprache nennen, stört unsere Unterhaltungen bis zur Unverständlichkeit. Früher konnte man sich ja auch mit den Menschen unterhalten, als sie noch bei Vernunft waren, aber heute hängt ihnen ja ihre Verstandeswurst – aber was soll ich mich auch noch mit ihnen beschäftigen?! Der Erdvogel aus Afrika sagte mir: Weißt du, ich bin für die Alpen zu groß. Geh doch mal zu dem Kollegen aus Australien. Wenn, sagte der, dann lebe ich nur mit schwarzen Vorhäutlern zusammen, kannst du mir nur schwarze Touristen garantieren?

Konnte ich natürlich nicht.

Der Herr aus Südamerika erklärte sich bereit, mit seinen Frauen die Alpen, vorerst soweit sie den deutschsprachigen Teil betreffen, treuhänderisch und jeder Zeit auf Abruf zu verwalten. Die Frage, ob seine Schenkel genießbar seien, bejahte er. Meinesgleichen gäbe es nicht mehr, beteuerte ich, und ich persönlich gedenke nicht, in meiner Heimat in Erscheinung zu treten, außer dies werde von den neuen Herren ausdrücklich gewünscht. Wie gesagt, als ich mich einmal verletzt hatte, nahm mich eine Dame unter peinlichst genauer Hilfestellung in ihre Häuslichkeit auf, ohne eingesperrt oder einer zweiten Wirklichkeit an der Wand konfrontiert zu werden. Abgemacht. Damit war die Abschiebung der alten Landbevölkerung, der Vorhäutler, besiegelt. Eine Pestilenz weniger!

Als wir uns dem Tal näherten, tauchten auch wieder die Nasenlöchergeister auf und wollten sich freuen und hervortun über ihre Leistung, doch man konnte sie übersehen. Der Vogel sah sich einen Vorhäutler an und fand ihn wirklich kläglich. Da mußten schon sehr viele beisammen sein, um die Bosheit auszukochen, die sie immer ausgekocht und wie Pech über die Landschaft geschüttet hatten. Der Vogel mußte sich erst an den Wald gewöhnen, zu sehr erinnerte er ihn in seiner Struppigkeit an Stacheldraht. Nun, er mußte nicht lange überlegen, er ging seiner Arbeit nach, so wie es ihm gegeben war. Ich freute mich und versteckte mich, nicht daß da ein paar Vorhäutler einen Zusammenhang sahen und mich belästigten.

Wo immer die Vorhäutler gingen, tat sich die Erde auf und verschlang sie. Wie auch immer sie ihre Heimat verlassen wollten, die Erde kannte kein Erbarmen, nicht vor ihnen, vor keinem, nicht vor ihren Kindern und nicht einmal vor ihren Dachshunden. Es war das Maß erreicht, das die Erde sprengte. Das ging so lautlos vor sich. Und gottergeben wie immer schrie diese Landbevölkerung nicht einmal. Und so lautlos wurde sie auch vom Rest der Welt abgeschrieben. Wer überlebte, mußte sich sofort in einen Touristen verwandeln, um die Todeszone einer wahnsinnigen Angst verlassen zu können. Man hat von keinem Vorhäutler gehört, daß er je in seine Gegend zurückgekehrt ist, in der Jahrhunderte lang seine Vorfahren ihr Unwesen getrieben hatten mit ihrem Geraune, gnädig beschattet vor den Augen der Welt.

Old Man's Money

Hinten im Tal, in einer Enge, ich komme selten hin, war ein Truppenübungsplatz der Vorhäutler. In dieser Höhe waren alle Pflanzen kleiner. Ich kam des kurzen Grases wegen. Gras, das in Wedeln wächst, schmeckt mir nicht. Dann gibt es hier immer Wasser, und ich kann mir das Gerenne zum Bach ersparen. Auch die Steine sind hier flacher, irgendwie fester in den Erdboden getreten. Die Stille allerdings im Schatten ist grauslig. So absolut still, daß du andauernd etwas zu hören meinst. Wenn ich mir nicht vorstellen kann, daß die Vorhäutler irgend andere Geister in sich hatten als solche stillwürgender Natur: Hier am ehemaligen Truppenübungsplatz meine ich, daß sie vielleicht doch den einen oder anderen Geist sprechender Art hatten. Irgend etwas von Einsicht hätte doch einmal in ihnen zu stammeln anfangen müssen…

Vorne im Tal bauten die großen Vögel die alten Häuser wieder auf, die neuen sahen sie nicht. An die Häuser malten sie wieder religiöse Geschichten, andere gibt es ja eigentlich nicht, nur war jetzt der Heilige Geist ein Vogel, der Herr Jesus blickte ohne Bart aus seinen Vogelaugen, und der Vater war lang nicht so alt und leidgebückt, sondern immer noch ein kräftiger Vogel, der mit seiner Maria, einer stattlichen Henne, immer noch kräftig schnäbelte, wenn es Maria, oder vielmehr dem Maler, gefiel. Mit den Engeln hatten es die Vögel nicht. So gab es von Engeln auch keine Abbildungen auf den Hauswänden, sondern nur von den Vögeln. Die hatten alle annähernd gleiche Größen, und Rangunterschiede gab es nicht. Also der kleine Schuster mußte sich nicht so aufführen, als sei er auch wer.

Am Truppenübungsplatz hinten mag ich nicht, daß ich von Stimmen erschreckt werde. Übernachten möchte ich dahinten nicht, so breche ich zeitig auf, um einen Tag guter Weide vor mir zu haben. Guten Abend! Ja, guten Abend, sagt da jemand vor sich hin. Er sagt es immer, den ganzen Tag. Ein alter Vorhäutler, der hier lebt. Daß ein Vorhäutler hier leben kann! Im Rücken hat er einen grünen Papagei, vermutlich seine Mutter, die immer noch aufpaßt, daß er sein Glied nicht kleinen Mädchen zeigt. Diese Verbote sind tatsächlich stärker als das Leben, denn nun war ja wirklich eine andere Wirklichkeit, nicht mehr die der Vorhäutler. Der alte Vorhäutler wollte mir sein Geld zeigen, was seine Mutter sehr erboste, oder war es seine Großmutter?

Ich hätte schon gern des alten Mannes Geld gesehen, denn irgendwo mußte ja die Schönheit der Landschaft geblieben sein. Ließ mir aber meine Neugierde nicht anmerken. Machte das häßlichste Gesicht, das mir zur Verfügung stand. Hab wahrscheinlich ausgeschaut wie er, der alte Vorhäutler, dessen Mutter so gräßlich quäkte und kreischte, wie sie nur konnte. Konnte mich nicht erinnern, ob er einer von denen war, die das Schafswerfen pflegten. Und wenn sie gar nicht mehr wußten, was sie mit einem treiben sollten, dann hängten sie einen in die Jauchegrube und warfen einen an die Wand, daß es nur so klatschte. Bei diesem Spaß ging es nicht darum, wie weit sie einen warfen, sondern wie groß der Fleck war, den man an der Hauswand machte.

Nun waren ja Gott sei Dank diese Zeiten vorbei, und die Vorhäutler, die diese Zeit ausgemacht hatten, waren vergessen. Und wenn mich nicht doch immer wieder einmal die Gier nach dem kurzen Gras auf dem ehemaligen Truppenübungsplatz überwältigt hätte, wäre kein einziger Vorhäutler in meiner Erinnerung geblieben. Aber das Geld des alten Mannes hatte was Unheimliches, und die gruselige Stille in der Gegend um den ehemaligen Truppenübungsplatz hatte was Aufregendes. Die neue Landbevölkerung interessierte das nicht, sie hatten so was Reines und gingen so ganz ohne Verdruß ihrer Arbeit nach. Wenn ich wieder in eines der Vogelgesichter sah, nachdem ich auf dem ehemaligen Truppenübungsplaz der Vorhäutler gewesen war, schmeckte mir nichts, und ich zog mich für eine Weile zurück.

Nun war ich also wieder auf dem ehemaligen Truppenübungsplatz der Vorhäutler und graste ganz nah bei dem alten Mann, damit er mir endlich sein Geld zeige, nachdem er schon lange Guten Abend! gesagt hatte. Ich sagte, nachdem ich mich versichert hatte, daß seine Mutter taub ist, was ich so von den weithergeholtesten Touristen aufgeschnappt hatte: Nobody else to make me happy. Da merkte ich, daß der alte Mann wahrscheinlich blind war, denn er weinte. Seine Mutter saß weiterhin ungerührt auf seinem Herzen und preßte es, daß es doch noch den einen oder anderen Tropfen Blut hergäbe. Da hatte ich Mitleid mit dem alten Mann und sagte: Close your eyes, make a wish. Da zeigte er mir sein Glied, das keine Vorhaut hatte. Er wurde also immer verkannt. Sein ganzes Geld, sagte er, habe er zu den Frauen getragen.

Da ging ich wieder in die Gegend der Pinselbäume, die noch immer dastanden, als hätte sich nichts verändert. Ich warf mich zu Boden, was 17 Spatzen, die im Gras pickten, nicht störte, ich glaube, es waren 17. Ich kniete, wie ich wahrscheinlich kniete, als ich gesäugt wurde, auch war ich von der kindlichen Pietät erfüllt, die Erwachsene in Säuglinge hineinsehen. I was bruised and battered I wouldn't tell, what I felt. Dann eben nicht, sagte der Pinselbaum. Da erhob sich ein gewaltiger Wind, ein Sausen war in der Luft, als hätten alle Verstorbenen noch einmal die Chance zu klagen und nutzten sie jetzt. Die Spatzen ließen sich nicht abbringen, wie Goldschürfer hafteten sie an der Erde, wo sie doch so leicht wegfliegen hätten können.

Da fiel der Orkan über den Ozean her, als wäre er sein Erzfeind. Er fuhr in die grünen Fleischmassen, als wollte er das größte Tier der Erde bis zu den schwarzen Klauen im tiefsten Meeresgrund vernichten. Miriaden der Parasiten zerfleischte er auf der Stelle. Da erwies es sich als Nachteil, als vernichtender Nachteil, daß wir in unser Strohboot Holz gearbeitet hatten. Wie Schwerter zerfetzten die Holzbretter das Stroh. Mich peitschten die grünen Wellen wie Tannen unter sich. Als Kriegstrommel, hieß es, kommst du, Kapitän, wieder auf die Welt. Als Kriegstrommel wirst du wieder auf die Erde, auf den Erdrücken geworfen. Nein, schrie ich, als Kriegsherr will ich vernichten, und nicht in einem Waldgebiet. Und ich ertrank.

Sank in das Grün des ewigen Lebens.

Und so geschah es, daß ich in die Wüste Gobi geboren wurde. Ich fing die wilden Pferde und begeisterte die wilden Mongolen. Ich hatte ein Heer und erklärte alle zum Feind. Ich schlug den Feinden die Köpfe ab, 40000 bei Samarkand und 60000 vor Leipzig. Europa, las mein Schamane aus den Schafsschulterknochen, wird sich selber vernichten. Da er immer recht hatte, gab ich ihm auch diesmal recht. Denn nichts haßte ich wie Tannennadeln, die sich zwischen alles schoben, was ich anhatte. Am meisten haßte ich sie zwischen den Arschbacken. Sie verhinderten manches Mal meine äußerste Schnelligkeit beim Köpfen, dann mußte ich hören, wie ein Feind nach Gnade schrie, bevor ich die Canaille von seinem Kopf befreite.

Als Mongole mußte ich mich zu Tode trinken, zu Tode saufen. Ich sank von meinem Pferd Zupfgeige und starb neben meiner Stute, die Tag und Nacht weinte und nicht erlaubte, daß man sie absattelte. Wie es der Brauch verlangt, schnitt man ihr die Halsschlagader durch, und so sank sie auf mich. Wiedergeboren als Prinz der Prärie, sammelte ich die wildesten Jungmänner um mich, und wir hatten die wildesten Träume und das wildeste Leben. An keine Organisation gekettet, schlugen wir zu, wann immer ein weißes Gesicht auftauchte. Aber bald war ich allein. Wie die Schaumkronen wanderten die Gesichter der Weißschwänze heran. Ich spürte die Sehnsucht nach meinem mongolischen Heer und stürzte mich in meiner Verzweiflung in den Atlantik, wo ich in der blauen Ewigkeit ertrank.

Und nun fiel am Fuße des Pinselbaumes ein schwarzes Ungeheuer über mich her, was die 17 Spatzen in ihrer Beschäftigung der Goldsuche überhaupt nicht irritierte. Sät zu Beginn des Winters meine Knochen, schrie ich noch, damit im Frühling Lämmer aus der Erde wachsen! Ach, sagte der Baum in seiner absoluten Gleichgültigkeit, und wenn es Ziegen werden? Wie sollte ich bezweifeln, daß aus meinen Knochen Ziegen wüchsen! Das ist doch Unsinn! Wer Ziegen und Schafe nicht zu unterscheiden weiß, dem sollte man das Recht zu reden nehmen! Ich war so wütend über den Einwurf des allerblödesten Pinselbaumes, daß ich bei meinem Hinscheiden keine Schmerzen empfand und in der gelben Ewigkeit versank.

Ich kam auf dem ehemaligen Truppenübungsplatz wieder zu mir. Ich blickte nach dem Papagei des alten Vorhäutlers: nicht da. Er selbst: nicht da. Ich graste nicht auf der Wiese. Ich lag in einer Ecke des Truppenübungsplatzes an Stelle des Vorhäutlers. Mir war gleich klar, daß die Spatzen sein Geld gesucht hatten. Ich hatte schon vormals den Verdacht, ohne daß ich es aussprechen hätte können, daß der Vorhäutler vielleicht Herr Quietsch war. Und nun war ich an seiner Stelle. Da versank ich gleich in der weißen Ewigkeit, aber das Leben hörte nicht auf, im Gegenteil. Was hatten sie sich alles zum Beweis gemacht für ihre betrügerischen Lügen: die Kirchen, die Universitäten, die Zerstörung der ganzen Welt. Der schwarze Hund hatte den schwarzen Hund gefressen. Ich hatte nur mich.

Als ich 1973, kurz vor meinem Geburtstag, der erste Schnee hatte vom Bergahorn die letzten Blätter gedrückt, von Südtirol von meinen ersten Dreharbeiten kommend, Margarethe, Margarethe flüsterte, war es schon weit nach Mitternacht, als ich auf der Höhe von Matrei auf der Brenner-Autobahn einen jungen Mann mit etwas über 30 mitnahm. Ich kann mich an sein Gesicht nicht erinnern, es war blaß und in lockiges Haar gehüllt. Er schien sich nur seiner Existenz zu schämen und machte auf mich den Eindruck eines Buben im Vorschulalter. Als er endlich sagte, er wolle Filme machen, blieb mir die Luft weg, und ich rauchte eine der grünen Nazionale nach der anderen. In Scharnitz sollte ich für die Stange dann auch noch 40 Mark Strafe zahlen, weil ich sie dem Zoll nicht angegeben hatte. Aber das ist schon autobiografisch, während Memoiren mit einem machen, was sie wollen.

River of no Return

Ich muß hier noch eine andere, kürzere Geschichte erzählen, die dem Schaf nicht geläufig sein dürfte. Das ist die Geschichte eines Jungen, der sehr bald die Welt verflucht. Und ich weiß nicht, ob man dieses finstere All in der Hoffnung auf Dämmerung verflucht.

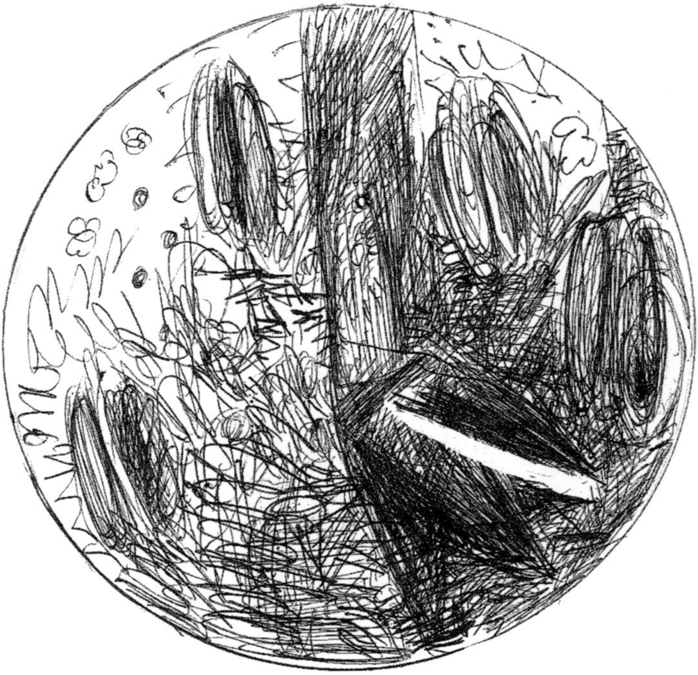

Die Geschichte eines Menschen ist die kürzeste. Ein Schaf treibt sich herum, und alles ist gleichbedeutend, also ewig. Da existieren die Berge gar nicht, nur die Tritte, die man auf ihnen macht. Auch das ist zu viel. Menschenscheu, wie ein Schaf ist, besteht es nur aus einem Schritt, nämlich dem, den es gerade macht, trotz seiner vier Beine.

Ich darf das hier erzählen, weil ich im Schatten eines Schafes weile, diesem hier. Man hat mir davon erzählt. Ich war so desinteressiert und freundlich und interessiert wie auch sonst. Irgend etwas Schweres in mir konnte keine dieser Geschichten erheben. Wie Kinder laufen sie mit diesen geläufigen Geschichten herum. Selbst Besoffene können diese Geschichten nicht aufgeben, lallend hängen sie an Wörtern wie an dem Holzgeländer auf dem steilen Weg zum Oberweg. Und wenn sie kniend auf dem Eis einschlafen, halten sie sich noch an dem Geländer fest. Als wäre die Hand klüger als sie selbst.

Und noch ein Wort rollt mit dem Atemzug.

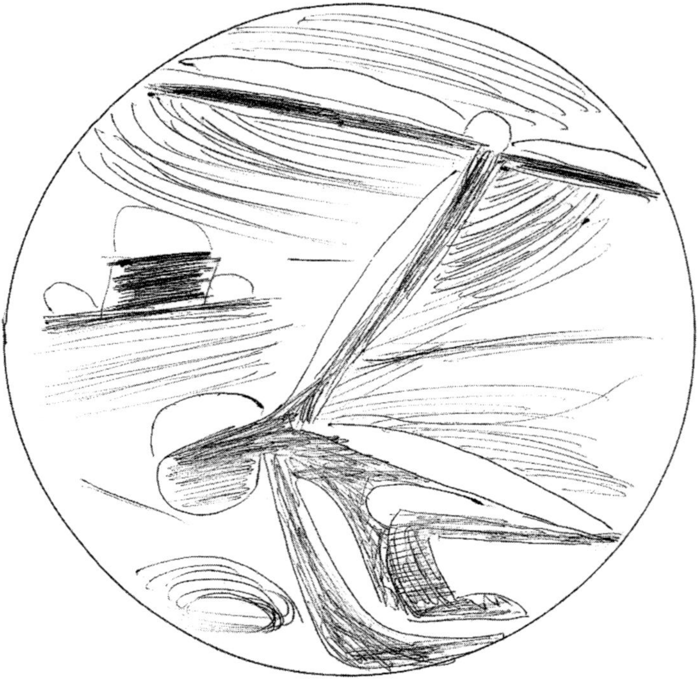

Und lastet der Neuschnee auf den Schultern, den ein Tief von Genua nicht leicht macht, dann geben sie nach. Der Arm wird länger, die Hand eisern. Und diese lastgewöhnten Lärchen werfen ungern einen Ast ab. Sie sind in dieser Höhe kurz, die Lärchenäste, und brechen immer am Stamm ab, an der dicksten Stelle, die ausgewuchtet in einen scharfen Keil, einen Schädel spalten kann, während die untere, bartige, weil abgerissenen Seite eher zum Guten wirkt, indem sie bremst. Wie immer auch, getötet oder auch nur halb tot, eingeschlafen oder vollgeschissen, die Hand eines Mannes läßt das Geländer nicht los, auch wenn kein Atemzug mehr irgendein Wort tragen kann.

Auch mich stoßen die Wörter ab. Und ich wollte, sie entließen mich aus meiner Geschichte und gewährten mir beim Atmen mehr Freiheit, als sie mir diese Geschichte zwanghaft gewährt. Und doch ist es angenehmer, diese Wörter nur schreibend im Kopf zu gebrauchen, als damit sein Leben zu erzählen. Ich anvertraue mich diesen Wörtern, und ein wenig tragen sie. Aber mein Leben pickte nach diesen Wörtern, pickte danach wie ein Huhn. Und was kommt dabei heraus?

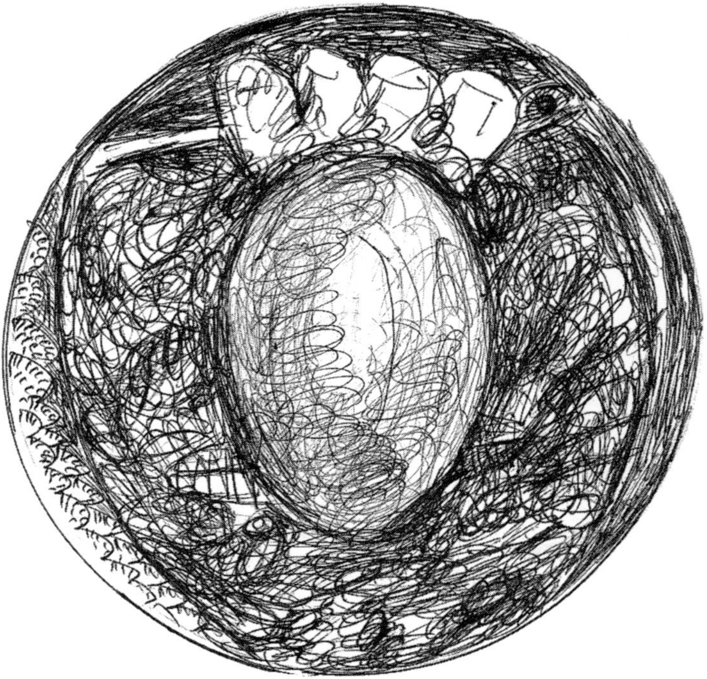

Was dabei herauskommt? Ich bin doch kein einfältiger Bauer, den seine erzwungene Naturalienproduktion geradezu immer erfreuen muß. Ja, was haben wir denn da? Ein Ei! Wenigstens zerdrückt er es nicht, wenn er barfüßig in Hühnerscheiße tritt und flucht. Immer wenn die Hühner die Mauser haben, scheißen sie wild herum, erklärt er sich sein Unglück. Oft hat er den Hühnern zugesehen und sich gewundert, daß er nicht gesünder wird. Daß er klüger werden könnte, fällt ihm nicht ein.

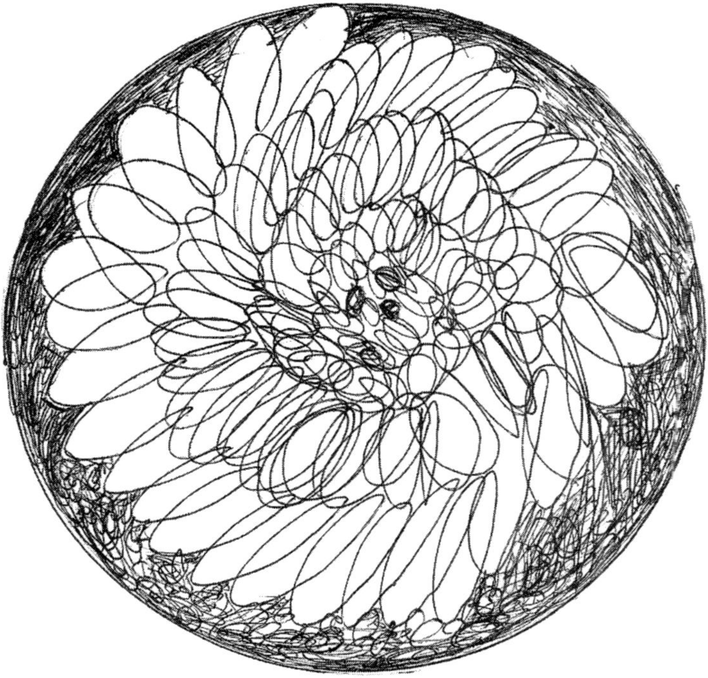

Ich will nicht Gott loben, aber die Welt nicht zu verfluchen, fällt mir oft schwer genug. Nicht summa summarum. Um die Welt zu verfluchen, gibt es so viele Gründe zu bemerken und zu erforschen, daß einem gar keine Zeit bleibt in diesem miserablen Tun, auch noch das Miserabelste zu machen, nämlich die Welt grundlos zu verfluchen, als sei das, nämlich die Welt grundlos zu verfluchen, weniger trostlos als der trostlose Rest.

Neulich im Widum sagte ich zu meinem Schenkkellner, er ist ein Mohamedaner aus Mazedonien, daß ich in der Zeitung gelesen hätte, daß Mohamed als geschichtliche Figur nicht zu fassen sei und man nun annehme, daß Gott selber den Koran geschrieben habe. Wer sagt das? Wer sagt das?! Ich konnte mir den Namen nicht merken, sagte ich, irgend so ein Iraker. Die Gaststube war voll, und wir mußten in unserer Debatte eine Pause machen.

Ich bin der Wirt und der Pfarrer der Gemeinde. Und wenn der Wein schlecht ist, bemerke ich das und schenke einen anderen aus. Es kommt schon ein armer Teufel, der sich keinen leisten kann. Und wenn ich nicht an Gott glaube, dann sage ich das auch. Ich glaube an den Papst, sage ich dann. Jesus Christus spare ich aus. Denn bringt man den in die Debatte, da geht das Licht aus. Und wenn man bis drei gesoffen hat, geht keiner mehr nach Haus. Wie steh ich dann in der Frühmesse? Wie schau ich dann im Hochamt aus? Und dann der Frühschoppen, und die ersten wissen schon, was gestern gelaufen ist. Die Männer lachen mich aus. Die alten drohen mit den Stöcken. Und die Frauen schauen so wegwerfend weg. Und meine Hanni hat noch ein dickeres Knie als sonst. Und meine hagere Leni magert drohend zu einem lattenförmigen Etwas ab.

Alles ist gleiches Gott, sagt dann der islamische Socken, und Hanni in ihrer frömmelnden Art, sagt gleich ja. Als wäre es für sie stinknormal, einem Mann ohne Vorhaut recht zu geben. Man kann sich mit Hanni eigentlich nur über ihre Obstbäume in der Oststeiermark unterhalten. In ihrer Dummheit mag ich die Leute, die mich umgeben, gar nicht. Denn sind sie in ihren Argumenten etwa klüger als Hühner, die picken und picken, nach Körnern und Sandkörnern, sie picken auch noch Gras und picken immer weiter, weil die anderen Hühner auch picken. Und daß das einem Huhn zu dumm wird, hat man noch nie gehört. Aber schaut nur ein Huhn in die Höhe, schauen die anderen Hühner auch in die Höhe. Aber wenn ich jetzt sage: Einmal andere Hühner! Folgt sogleich: Einmal eine andere Bevölkerung!

Also, ich kann nicht sagen: Alle, die an keinen Gott glauben, glauben, daß es nur einen Gott gibt, der in allen Religionen derselbe ist. Denn ich glaube weder ersteres noch letzteres. So ein Schmarren, sage ich dann laut. Ich habe meinen Platz so gewählt, daß ich alles übersehe: meine Angestellten ebenso wie meine Gäste. Am Stammtisch sitze ich ungern. Socken, sage ich, er heißt zwar Secki, aber das klingt ja nach der Verkleinerungsform von Socken, wenn es einen Gott gäbe, hätte er dann zwei Bücher schreiben lassen? Die Bibel und den Koran? Noch dazu, wo das jüdische und das arabische Volk Brüder sind! Da hätte doch eine Gottesäußerung reichen dürfen? Secki winkt ab. Was muß ich für ihn für ein schlechter Pfarrer sein.

Als er wieder etwas Mut und Vertrauen zu mir gefaßt hat, sagt er zu mir: Woher du kommen? Nun folgt der ganze Deppentest, daß alles von etwas kommt, weil aus nichts nichts kommen kann. Mach jetzt die Kaffeemaschine sauber! Dazu hat er so einen gebogenen Pinsel, einen Dampfheizungspinsel halt, mit dem man die Wand auch hinter einer jeden Heizung streichen kann, und wir alle finden das in Ordnung, daß er sich mit so einem Pinsel an die elektronisch gesteuerte Maschine macht. Auch ich kriege wieder Erbarmen mit ihm und winke ihm zu mir: Du glaubst nicht an Gott, sage ich zu Socken, du glaubst nur an deinen Verstand. Aber eher kann man einem Affen das Beichten beibringen als einem Mohamedaner eine Einsicht, noch dazu diese! Da hassen sie den Westen, als versagte gerade der ihnen das logische Denken!

Ich wollte an diesem Donnerstag nicht länger in meiner Gaststube sitzen bleiben und drängte Hanni zum Abkassieren. Irgendwann sind diese Gespräche um Religion abgrundtief langweilig, wahrscheinlich weil sie mein Beruf sind, und vorsorglich nahm ich dieses Widum, weil ich dann auch Wirt bin und Gespräche im Wirtshaus über Religion bestimmt interessanter als in der Kirche sind, aber an besagtem Donnerstag hatte ich die Nase voll, irgendwie sogar endgültig voll. Ich blieb nur noch auf meinem Stuhl sitzen, weil ich die vage Ahnung hatte, daß er an meinen Po angewachsen sei. Ja, Po statt Arsch!

Aber eins sage ich dir noch, Socken, wandte ich mich zu Secki, ihr Mohamedaner braucht in der Welt nicht rumzujammern und zu morden. Ihr seid euch selbst der größte Feind. Wer bei euch etwas taugt, den bringt ihr doch sofort selber um. Also in Samarkand, sagte ich, war im 12. Jahrhundert ein Filosof, Esremdschebuli hieß er, log ich, der sagte öffentlich: Es gibt einen Gott, und es gibt keinen Gott. Da die Leute hören, was sie schon einmal gehört haben, hörten sie nur, daß es keinen Gott gibt. Aber hatten sie nicht viel öfter, ja immer in aller Öffentlichkeit gehört, daß es einen Gott gibt?! Der Kalif ließ den Filosofen enthaupten, und seitdem hat man aus der islamischen Welt nichts mehr Interessantes gehört außer Algebra und so, was man heutzutage bei uns auch schon alles besser kann.

Beides, mahnte ich Secki, Socken, beides ist des Menschen Wahrheit. Wenn du nicht an Gott glaubst, sagte Secki, dann bist du nicht mehr mein Freund. Sollte ich ihn entlassen? Er hatte eine Frau zu Hause, die ihn nicht mochte. Alles sieht Gott, sagte er und trocknete umständlich ein Weizenglas, alles hört er. Und alles hört er, sagte ich, jetzt unser Lachen, denn er hat große Ohren: die Wolken sind seine Ohren. Secki wußte mit dem Vergleich nichts Rechtes anzufangen, war doch seine Religion in einer wolkenlosen Gegend entstanden. Nein, wenn schon, dann ein paar Götter, damit man sich nach einer herben Enttäuschung an einen anderen wenden kann. Wenn's nur eine Frau gäbe, wäre das auch hart. Man muß ja nicht Glück haben und ihr auf Gedeih und Verderb ausgeliefert sein … So ziehen mich meine depressiven Gedanken immer tiefer hinab.

Nun weiß ich ja, wem ich das da erzähle, nämlich mir, auf daß meine Depression erträglicher werde und ich von dem Gedanken, mich mit meiner Flinte zu erschießen, ein wenig Abstand halten kann, denn wo sollte sich ein Pfarrer und Wirt so einer kleinen Gemeinde erschießen, genau zwischen Kirche und Wirtshaus? Oder auf der Jagd? Dann könnte es als Unfall aussehen, und zu gerne machten die Leute hier meiner Versicherungsanstalt einen Jagdunfall plausibel: Der hat doch nie an einen Selbstmord gedacht, geschweige davon gesprochen. An seinem Beruf hat er manchmal gezweifelt, aber wer von uns nicht? Aber deswegen bringt man sich doch nicht um, man geht nach Innsbruck oder weiter ins Unterland, nach Kiefersfelden oder Kufstein.

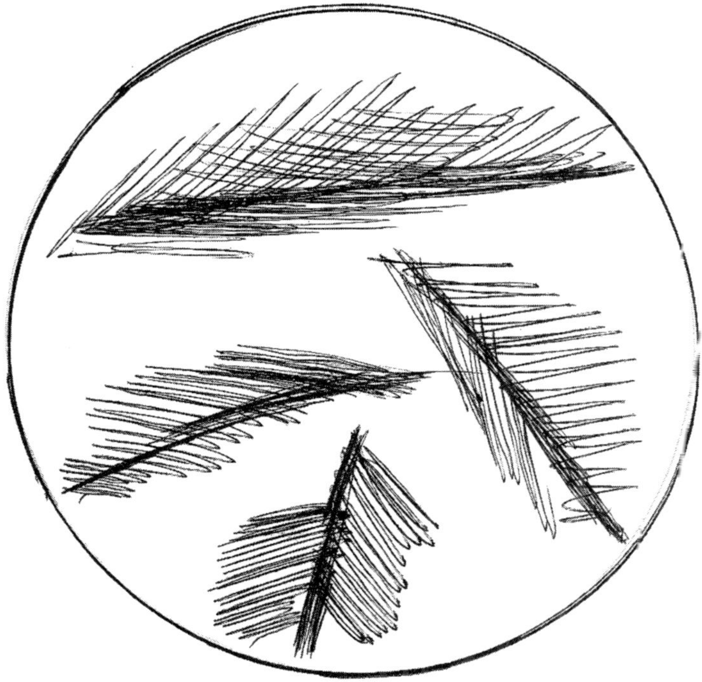

An besagtem Donnerstag rasierte ich mich noch auf meinem Zimmer. Die zweite Rasur ärgert mich immer, weil ich denke, daß ich es nie lerne, meinen Hals ohne Blutvergießen zu rasieren. Ich schulterte meine Flinte und machte mich zur Talstation des Winterlifts hinauf auf den Weg. Ich war gleich da und ging weiter. Geh doch weiter, sagte ich mir, obwohl sich alles in mir sträubte, wenn du 100 Schritte gegangen bist, gehst du auch 200 Schritte. Als wollte ich 200 Schritte gehen. Immer wieder ging der Mond über den Tannenbäumen auf und dazwischen. Nur kleiner wurde er mit der Zeit. Nur die Flinte wechselte ich von einer Schulter auf die andere. Der Bach rauschte herauf, und an ein Schaf dachte ich, von dem man immer wieder sprach.

Ich wollte zur Stöckl-Alm. Bis ich die dreieinhalb Kilometer abgestapft habe, muß sie vom Mond ziemlich seitlich beschienen werden. Ich würde mich auf die Veranda der neuerdings unterhalb errichteten Hütte setzen und hochsehen. So machte ich es dann auch nach einer Verzögerung, weil ich mich irrtümlicherweise auf den Weg zur Mösl-Alm begeben hatte und umkehren mußte. Da saß ich dann auf der Veranda und fragte meine Gedanken. Die schwiegen ziemlich selbstzufrieden in meinem erhitzten und erschlaffenden Körper, der jetzt gleichgültiger als sonst seinen Kopf trug, als hätte er ihn jetzt gar nicht gebraucht. Meine Augen ruhten auf dem Ausblick im Wald, der einen steilen Grashügel freigab, der die Almhütte trug. Ein schöner Anblick, und ich sah sonst gar nicht herum. Mochte der Morgenwind mich entdecken.

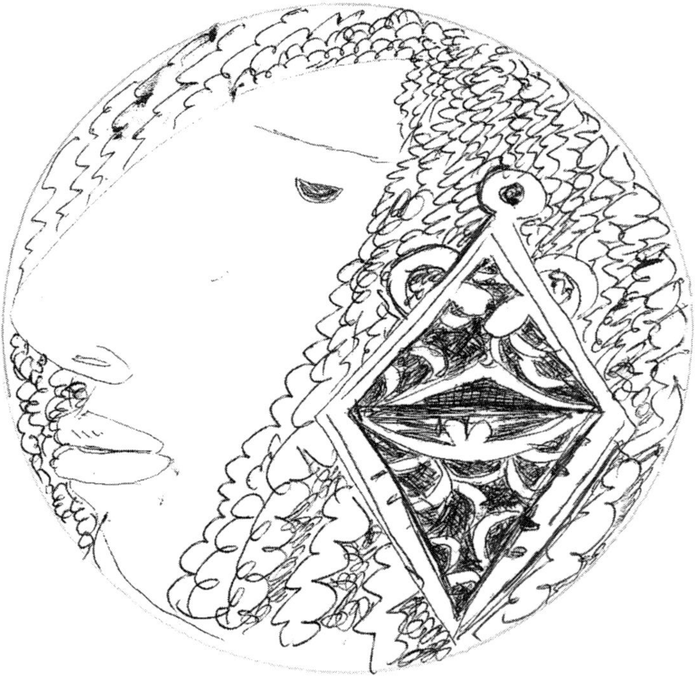

Mit Haarpich war ich den Weg einmal hochgegangen. Wir hatten über vieles zu sprechen. Ich mochte ihren Dialekt, sie war aus Südtirol. Ohrringe trug sie wie eine Negerin. Eine amerikanische Freundin aus Chicago hatte sie ihr geschenkt. Die hatte sie von einer alten Prostituierten aus Rom. Die mußte immer diese Ohrringe tragen, wenn Robert Mitchum sie in den Dreißigern in Rom besuchte, er hatte sie ihr erstanden. Da trug sie durch die beengten Tannen weite Welt. Aber was wußte ich schon, wenn es um Gott und die Welt ging?! Die Jagd, gut, aber als Gesprächsstoff auch gleich wieder am Ende, bei mir. Das Wirtshaus Widum? Nach mir findet sich kein Blöder mehr, der den Meßkelch mit einem Bierkrug vertauscht und das andauernd hinundher. In meinem Testament werde ich empfehlen, aus dem Gasthaus einen Kindergarten zu machen.

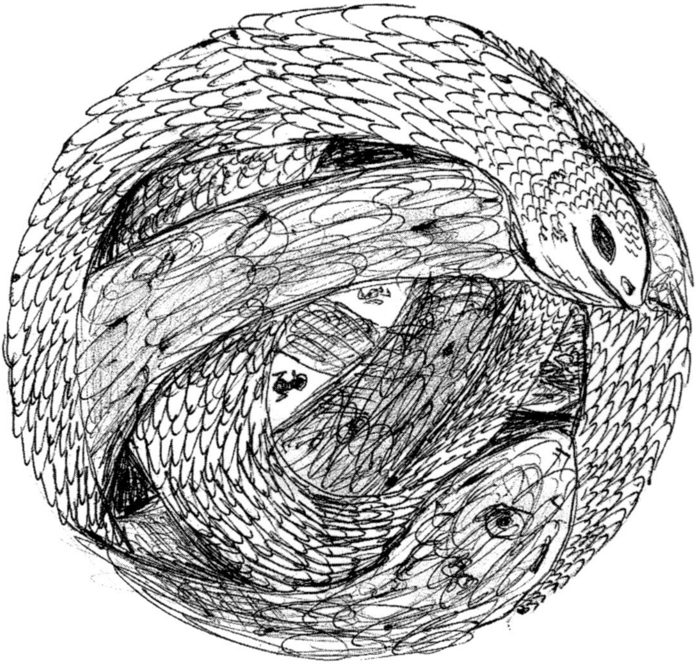

Ich bin ja vom Bayerischen draußen und kann vorgeben, das Oberbayerische und das Niederbayerische zu unterscheiden. Bei einem oberbayerischen Gehöft findest du kaum ein offenes Tor. Und wenn es dich angähnt, hat man es vergessen zu schließen. In Niederbayern jedoch könnte ein Selbstmörder am Werk sein. Das hat etwas Beruhigendes oder Beunruhigendes, je nachdem, in welcher Verfassung sich der Betrachter befindet. Auch ein Liebespaar kann im Eifer des Gefechtes alles hinter sich vergessen haben. Nicht so in Oberbayern, die lassen sich nicht soweit gehen, ohne vorher alles hinter sich zu verrammeln, um dann so zu tun, als sei gar nichts gewesen. In Niederbayern könnte es auch vorkommen, daß nach dem Geschlechtsakt beide einen Heustrick über einen Balken werfen, mit einer Schlinge an einem jeden Ende, die sich ein jeder umlegt, und wer das Übergewicht hat, kommt davon.

Die Oberbayern sind ja so neumodisch und so faul, daß sie lieber in eine Nervenheilanstalt flüchten, statt sich umzubringen, wenn sie wirklich nichts mehr juckt. Die bleiben lieber eine Last. Das Leckmichamarschgefühl ist bei denen nicht ausgeprägter als ein jedes andere Gefühl, außer dem der Gewinnsucht. Ja, wenn es die Norddeutschen plausibel fänden, daß zu der Tracht der Oberbayern ein Beißkorb gehört, würden sie sich den umbinden. Die leben in ihrer Gefall- und Gewinnsucht nur noch von der Gnade der Deutschen. Sie haben nicht annähernd soviel Stolz wie die Slowenen, die Slowaken, die Kroaten und Serben, auf die sie nur schimpfen, die sie nur verachten können.

Das erzählte ich diesen Schwestern in so einem Eifer, daß sie gar nicht mehr aus dem Staunen herauskamen und nur ihre wunderbaren Erstaunungslaute von sich gaben. Wenn sie mich nur nicht nach dem Priesterseminar in Freising fragten! Erzdiözese Augsburg, sage ich nur, oder gar die von Passau! Ich hoffte lange, daß die von Regensburg besser sei. Ich hoffe schon lange nicht mehr. Ich beneide ein jedes Schaf um seinen Lebenstrieb. Woher hat es den? Von den anderen Schafen.

Haarpich. Nicht einmal vor mir kann ich ihren tatsächlichen Namen sagen. Pich ist soviel wie Pech, und Pech ist Harz. Ich glaube, mir ist Pich ins Haar getropft, sagte sie einmal. Und ich sah nach. Ein Ahorn stand in dieser Höhe noch. Das mußte weiter unten bei den Tannen geschehen sein. Ich kam mir so alt vor, obwohl ich damals kaum 35 war. Nun mußte ich also ihrem Haar so nahe kommen wie nie vorher und nie wieder. Sie hatte volles Haar, das sich bis über die Schultern herab lockte. Im Sonnenlicht brannte es lichterloh wie herbstliches Buchenlaub im Sonnenlicht. Nur, da es hier keine Buchen gibt und auch nicht Herbst war, loderte es einmalig. Ich fühlte mich als Lichtgestalt, die zu Unrecht im Schatten steht.

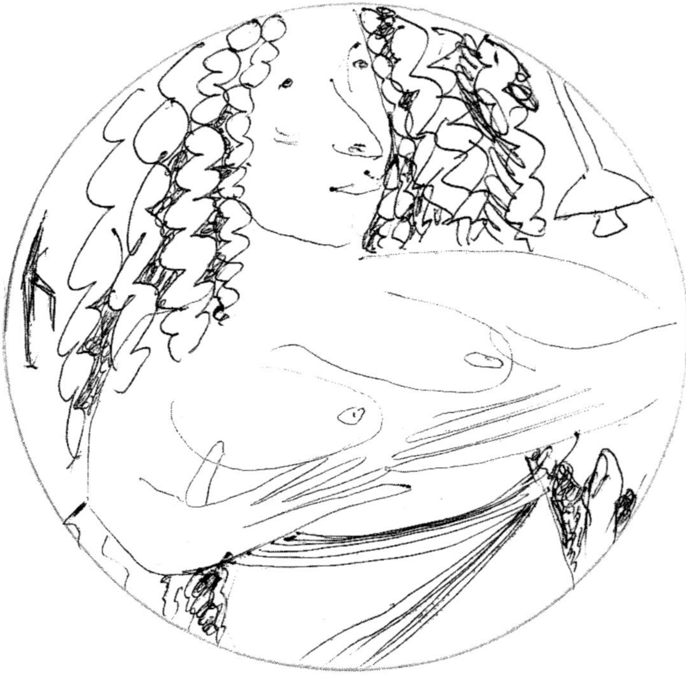

Haarpich hatte einen Freund, mit dem sie das Geschlechtliche tat, so war ich froh. Wir sprachen über alles, auch daß ich mir auf diesem Gebiet nicht viel Fantasie erlauben mag. Es ist auch Mist zu sagen, daß alle Priester schwul seien, damit käme ja die Kirche zu Rande. Haarpich störte also mein Priestertum nicht. Ich weiß nicht, sagte sie, wenn ich mit dir beisammen bin, bist du mir so vertraut, als wären wir nie auseinandergewesen. Das wird auch so sein, wenn wir uns 10 Jahre nicht sehen. Als sie wegzog, dachte ich nicht immer an sie. Aber immer wieder überkam mich die Anwandlung, ihr nachzuziehen. Sie hat nun ihr eigenes Gasthaus – aber auch einen, der ihren Garten versorgt. Und ihr Freund hilft mit.

Warum nur habe ich so ein blödes Gefühl, wenn es um sie geht, um Haarpich? Unsere Liebe hat zwar keine Zukunft, aber sie währt ewig. Das sagte ich zu ihr. Und immer wieder fragte sie nach, wie denn der Satz hieße. Ich wiederholte ihn, und sie sagte: Ja, das stimmt.

Als sie mich verließ, hätte ich fast gesagt, als Haarpich aus diesem Hochtal wegzog, wollte ich von der Erde verschwinden. Wir saßen allein in meiner Gaststube und tranken zusammen ein Viertel Roten. Sie wollte noch ein Viertel. Ich mußte mittrinken. Es war Sonntag und halb drei. Wir gingen auf den Friedhof nebenan. Ich legte mich auf ein Grab, fand die Blumen unter mir zu hart. Sie umkreiste mich im Uhrzeigersinn und sagte auch immer wieder etwas, was ich jedoch nicht mehr verstand. Nun war ich fast soweit, daß ich sie haßte. Ich wünschte, daß sie ginge, und sie verschwand. Da fuhr sie mit ihrem roten Auto zum Tal hinaus. Hanni sah mich an diesem Tag noch, und ich mußte wirres Zeug geredet haben, weil sie sagte: Der Herr Pfarrer redet heute nur Kuhhörner – aber wo ist die Kuh? Secki war damals noch nicht bei uns. Er hätte in seiner islamischen Art wahrscheinlich gesagt: Kommt was Neues zum Ficken.

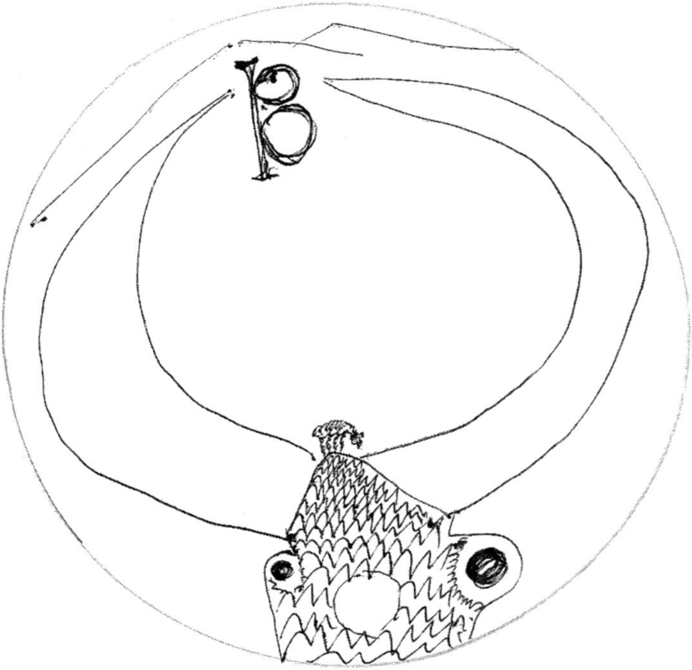

An diesem Tag ging ich abends mit meinem kleinen Batterieradio zum Bach, unweit der Talstation des Winterlifts. Ich wollte die Voice of America hören. Und heute weiß ich auch, warum, des Liedes River of no Return wegen. Es hat mir sicher immer viel zu viel wehgetan, von dem ich nicht wußte, woher es kam, und das machte mich irgendwie auch zu einem größeren Menschen, aber heute fühlte ich mich mit meinem Kofferradio, das nicht ging, so klein, daß ich unter einem Schaf Zuflucht nahm, das da blöde stand. Ich sah noch, wie ein Eichelhäher lautlos über die Bachschneise flog. Ich störte ihn also nicht. Das stumme Sonnenlicht über den Bergkämmen bat ich, Haarpich zu grüßen. Im Winter gibt es im Dorf überhaupt keine Sonne: zwei Wochen vor und zwei Wochen nach Weihnachten nicht.

Im Radio sagte die Voice of America nichts, von einigen gespritzten Lautstörungen abgesehen und einem Rauschen, als wäre ganz Amerika kurz vor einem Gehörsturz, weil der Senat dem Präsidenten nicht den Haushalt genehmigt und er auch nicht nachgibt, aber das interessierte das Schaf auch nicht, und ich quietschte, was ich von dem gottverlassenen Lied in Erinnerung behalten hatte: Love is a travel on the river of no return... swept on for ever to be lost in the storm in sea... I can hear the river call no return no return no return no return... sometime is peaceful and sometime wild and free... Diese Monroe geht mich nur allein an. Haarpich und ich hörten am liebsten Louis Armstrong und Ella Fitzgerald: Autumn in New York zum Beispiel.

Ich schlief mit diesem Lied ein, und es weckte mich sogar in der Frühe, als ich schon längst wieder im Pfarrhof die Nächte hindurch lag und schlief. Man hatte mich bachabwärts gefunden. Ich trug einige Blessuren davon, weil es in den verdammten Alpen keine runden Steine gibt, selbst in einem Bach nicht. Haarpich würde nicht anrufen, und ich auch nicht, weil wir es nicht gewohnt waren, am Telefon persönliche Dinge zu sprechen, und was sollten wir zwei uns sonst sagen?!

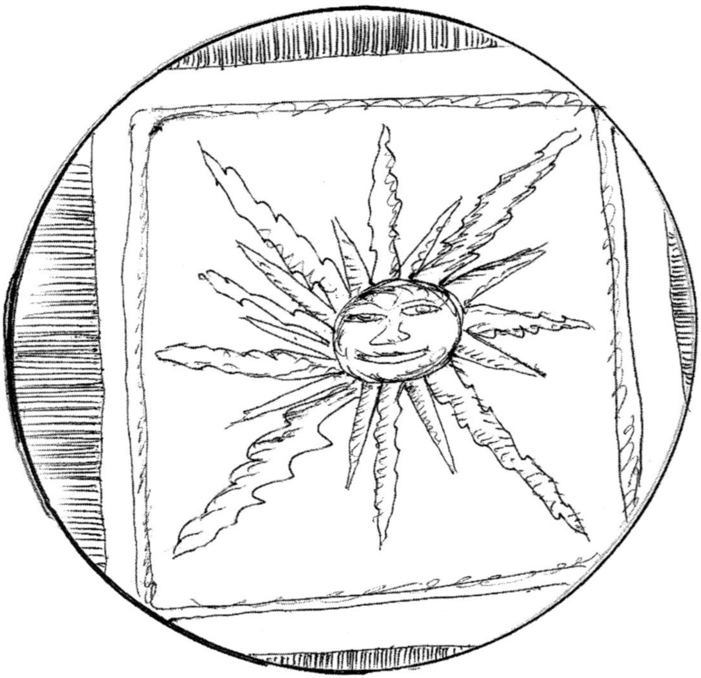

Bevor ich mich in meiner barocken Stube, meinem Privatraum erschieße, ob doppelläufig, weiß ich noch nicht, muß ich mir doch noch eins klarmachen, nämlich, warum ich mich unter dem Schaf Jess the White nannte. Das kann damit zusammenhängen, daß Haarpich als junges Ding in Chicago war und ihre Freundin ihr empfahl, einen Lover zu nehmen, der ihr alles beibrächte. Sie müsse sich ja in Jess, einen Schwarzen, nicht verlieben. Aber Haarpich lehnte verschämt ab. Ich weiß nicht, ob das Schaf weiter oben am Bach noch stand, als man mich weiter unten fand. Einläufig genügt für mich. Es schneit. Volkstrauertag und Magenknurren. Ach, welch eine Not in Mitteleuropa –

Die Atlantikschwimmer

Ja, der Pfarrer hat sich erschossen. Das alles hat er im Bach oben so oft unter mir gesagt, daß ich es mir merken mußte. Er hat sich aber damals niemals erschossen. Ich habe mir ja viel sagen lassen und hätte mir auch alles sagen lassen, wenn ich Zeit und Lust gehabt hätte. Andere lesen auf ihren Wegen und Rastplätzen, ich äse. Dazu kommt noch, daß wir in dieselbe Frau verliebt waren. Ich habe mich abgebeutelt. Mußte mich abbeuteln. Es gibt verdammt kalte Regen in der Gegend. Da läufst du neben dir wie eine kleine schreiende Maus und kannst nicht helfen. Da sagen die Menschen, sie säßen alle im selben Boot!

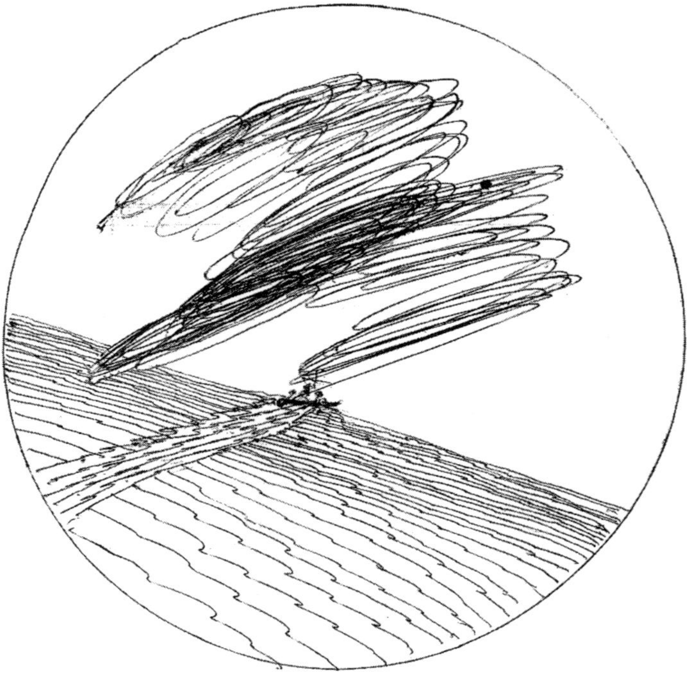

Da quält mich auch noch eine andere Geschichte. Ein Bauer fuhr mit seinem zweirädrigen Töfftöff Mist, so steil und so hoch, daß er kippte und unter dem Töfftöff liegen mußte. Niemand interessierte sich für ihn, daß er zuletzt sogar Mist fraß. Endlich fanden ihn drei Engländer. Sie verständigten die Frau des Bauern und einen Arzt. Der stellte keine inneren Verletzungen, sondern Rippenbrüche fest. Die Frau wollte den Mann nicht dem Arzt für das Krankenhaus geben. Warum denn nicht, fragte der Arzt. Sie müsse ihrem Mann vorher eine frische Unterhose anziehen. Zum Dank wurde ich den Engländern geschenkt. Die ließen mich dann in den Bergen frei. Das könnte ich sagen, um auch eine Herkunft zu haben, aber ich genierte mich immer einer Herkunft.

Würden nicht immer die ärmsten Männer Pfarrer, müßten sich nicht so viele von ihnen umbringen. Ich verstehe das nicht. Aber was verstehe ich?! Ich befand mich nie vor einer Berufswahl. Aber da sind wir ja schon bei dem Film meines Freundes. Die Atlantikschwimmer, bei dem ich zwar auch nicht mitmachen durfte, aber eine beratende Funktion innehatte. Lieber einen Tag wie ein Löwe leben als 100 Tage wie ein Schaf. So etwas habe ich nie gedacht. Da müßte man ja sofort das Denken aufhören. Ich habe immer weiter gedacht. So wie seine Großmutter, die immer weitergestrickt hat, bis ihr die Stricknadeln aus den Fingern gerutscht sind. So wie der Ozean, der immer die Wellen wegschickt, bis sie ihm ausgehen.

Als ich von meinem engen Tal weg war, das mir so weit wie die ganze Welt vorgekommen war, wähnte ich mich auf einem neuen Kontinent. Darf ich fragen? Ist ein Kontinent so groß wie die Welt? Mein Freund war auf einen jeden Fall ein neuer Kontinent. Und ich sagte oft: Hoffentlich wird er kein Stern! Hoffentlich wird er kein Stern! Ich verlangte, daß er mir etwas versprach. Was denn? Daß du nicht einfach verschwindest und mich allein läßt. Reichlich sentimental, schimpfte er mich, du solltest dich abhärten. Aber schließlich sind wir beisammen, dann müßte ich mich ja auch abhärten. Baumstümpfe gab es genügend, von denen aus ich mir die neue Welt ansehen konnte, damit ich gesehen werde.

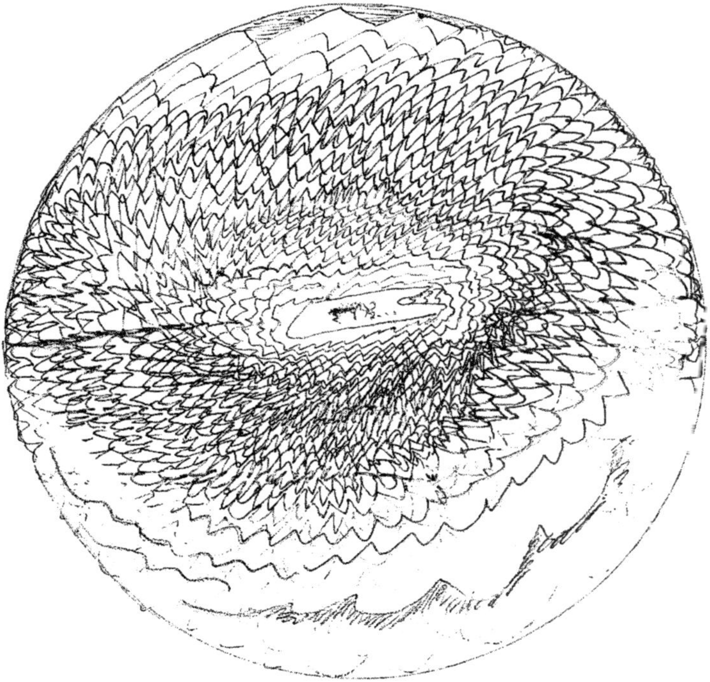

Schließlich versprach er mir, daß er so lange Filme machen wolle, solange er sich meiner geistigen Mitarbeit bedienen könne. Abgemacht? Abgemacht! Der neue Kontinent ist ja eine ziemlich kleine Insel, immer der Platz, auf dem man gerade steht. Ist denn so eine Insel größer als ein Loch im Pullover meines Freundes Schwarzpullover? Und wenn mir der Gedanke angst macht, fragte ich ihn, hilft mir dann jemand? Nein, sagte er, du sollst nicht denken! Gäbe es ein Wesen, das fähig wäre, uns zu retten, so wäre dies schon längst geschehen. Wäwäwäwä! Ich mag das nicht, wenn er so spricht wie ein Pfarrer. Ich mag das alles irgendwie ohne Ufer.

Ich bleibe ein Schaf

Während meiner Geburt hat es geschneit. Das sagte man mir so, als ob es ohne meine Geburt nicht geschneit hätte. Ich fiel also in den Schnee, und der Schnee viel auf mich. Ich lerne das schon noch zu formulieren. Wasser. Ich habe Bekanntschaft mit vielen Elementen und ihren Ausgeburten, schwitzen, pissen, trinken und durstig sein. Ob ich das mag, hat mich noch nie jemand gefragt. Aber was erreiche ich, wenn ich das alles nicht mag? Tote Frösche. Tote Schneeflocken. Das ist das Schöne, daß Schneeflocken niemals tot sind. Ich kenne ihr Geheimnis.

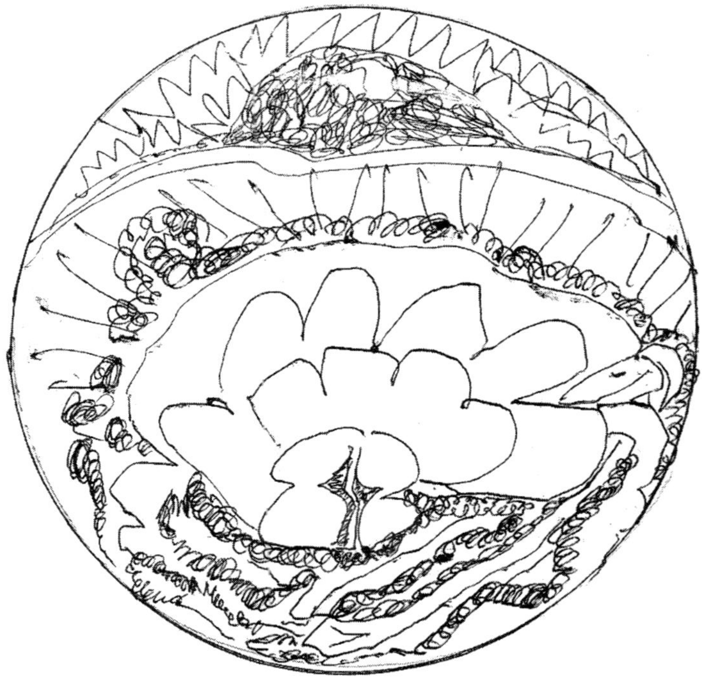

Ich weiß nicht, ob ich bei der Geburt dabei war. Dann wären ja auch die Berge dabei gewesen. Das Gras, das grüne. War nicht dabei. Nur der Sonnenuntergang war den ganzen Tag dabei, und zwar rot. Das ewige Gerenne und manchmal ein Stoß, der gleich ewig wehtat, bis ich wieder in den ewigen Sonnenuntergang aufwachte. Oder aufwachte in die Schwärze, die so gottlos finster war. Was soll da schön gewesen sein, wie ich mir habe sagen lassen? Die Wärme? Die Enge, die fortschreitende Enge, die fortgeschrittene Enge, die mich zum Platzen brachte? Ach geh – wirklich!

Aber man beruhigt sich ja. Und es ist ja nicht nur die Scheiße da, in die man gefallen war. Man war selber da. Man hat ja auch Stützen mitgekriegt, die am Anfang überhaupt nicht helfen. Bis die einen einmal tragen! Da ist man ja verloren wie ein Gehirn ohne Hirnschale. Wie ein Wackelpudding ohne Löffel. Ich weiß nicht, ob schon einmal jemand versucht hat, einen Wackelpudding auf vier Löffeln zum Stehen zu bringen, aber derjenige, der wüßte Bescheid, wie ich mich gefühlt habe: Wie ein Pudding, der an vier aufgestellten Löffeln herunterrinnt und auseinanderfällt, genau so!

Dann gehst du herum, als wären unter den vier Füßen immer vier wackelige Steine. Dann stehst du herum, damit du von den vier wackeligen Steinen nicht immer herunterfällst, herunterrutschst, wer kann da mitreden? Kein Mensch! Und kaum hast du dich an die Milch gewöhnt, mußt du dir die Milch auch schon wieder abgewöhnen. Und bis du dich versiehst, hast du Gras zwischen den Lippen, und was damit, wenn ich fragen darf? Vielleicht hätte ich lieber Blätter gefressen, weiche, gelbe Blätter, die besser ausgeben, die mehr hergeben. Und wenn du nicht frißt, hast du einen Stoß ab. So beginnt das Leben. Beim Milchtrinken habe noch ich gestossen. Aber stoß einmal das Grünzeug, das gibt dadurch nicht mehr her.

Man könnte jammern!

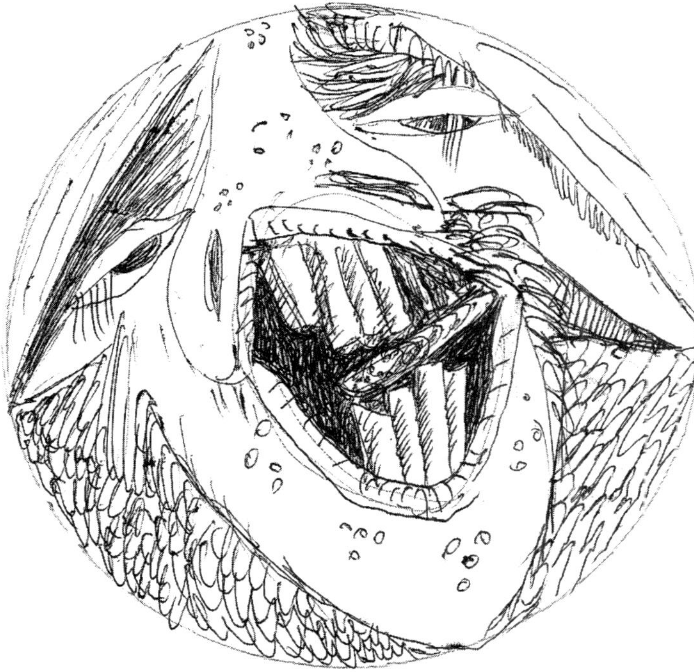

Erst viel später ist mir eingefallen, daß ich bei dem vielen Grün Gras hätte werden sollen Beim Zahnarzt wurde ich ja auch ein Zahnarzt, wenn ich den Mund aufreißen sollte, ihn aufriß und mit offenem Mund der Zahnarzt wurde. Ich stand da und griff diesem Schaf in das Gebiß. Dieses Schaf hatte verschieden lange Zähne, die ineinander noch verkantet waren. Nur mit Werkzeugen konnte ich diesem schlechten Gebiß dieses Schafes beikommen. Ich tat mein Bestes. Anerkennt das so ein Schaf?! Nein, natürlich nicht. Es dauerte seine Zeit, bis ich nach dem Besuch des Zahnarztes kein Zahnarzt mehr war. Gleich habe ich gar nicht bemerkt, daß ich mich jetzt nicht mehr so häufig in die Zunge biß.

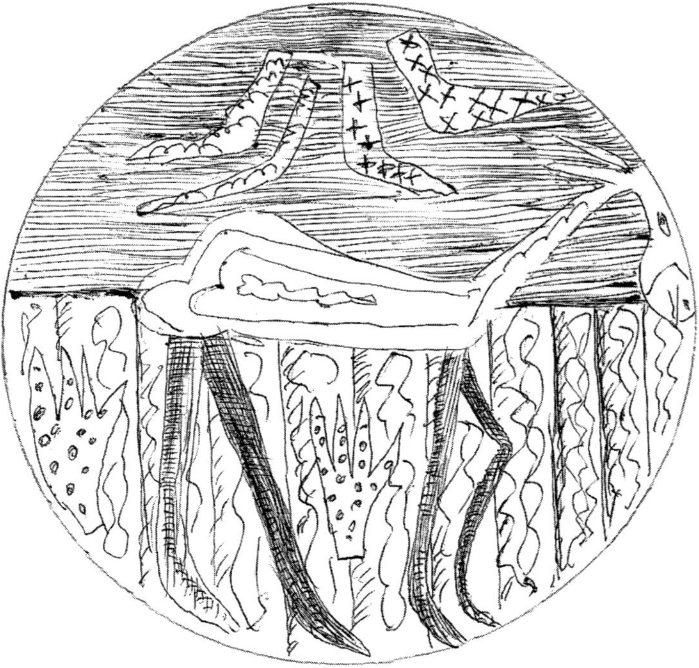

Als man mir Seidenstrümpfe anbrachte, wurde ich Seidenstrümpfe. Ich beugte kaum ein Knie, und wenn, dann sehr gelassen. Ich fühlte mich ja gleich so als Seidenstrumpf, daß ich einen Pferdeschädel bekam. Pferde tun ja immer so, als wären sie aus Seide. Wer bringt denn ein Pferd noch so zum Schwitzen, daß ihm das seidene Getue vergeht, das halbseidene! Ich war in Seidenstrümpfen schon sehr zufrieden, allerdings nicht lang. Keine Zeit gehabt. Mußte der Herde nachlaufen. Und beim Rennen verlor ich dann die verringelten Seidenstrümpfe. Ein Rosenstrauch ist günstig, kaputte Seidenstrümpfe zur Völle loszukriegen. War ich auch wieder froh.

Ganz anders ist es, wenn du geschoren wirst. Ich tauche nie wieder, dachte ich. Nie wieder in den Bach, nie wieder in den Wald, denn eine jede Berührung tat jetzt so weh. Aber was macht man nicht alles, was unterläßt man nicht alles, um sich zu schützen! Man stelzt auf die Wiese und friert. Man schlägt sich ins Gebüsch und wird zerkratzt. Dazwischen gibt es nichts. Gibt es denn dazwischen gar nichts? Ein Angler will einen Fisch fangen. Und was fängt er? Einen Frosch. Der Angler hatte nicht gesagt, daß er einen Fisch fangen will. Und es hat auch nicht jemand erwartet, daß er einen Frosch fangen wird. Und doch, obwohl er nichts gesagt hat, hat er den Mund zu voll genommen.

Ein Schaf hat ein Schafversteck. Und was ist es wohl, was aus einem Schafversteck herauskommen kann? Ich weiß es nicht. Ich fragte die Erde, was es sei, was aus einem Schafversteck herauskommen soll. Frag du mich. Und ich fragte die Erde, was aus einem Schafversteck herauskommen kann. Da war die Erde verärgert und gab mir nur noch eine Chance, sie zu fragen. Ich konzentrierte mich und konzentrierte mich, wußte aber nicht, wie ich fragen sollte. In dem Moment meiner größten Dummheit fragte ich die Erde unüberlegt: Was ist also das, was aus dem Erdenversteck hervorkommen soll? Was herauskommt, sagte die Erde, ist ein toter Frosch. Da furzte ich. Die Erde lachte, denn ich hatte die richtige Antwort gefunden.

Anders erging es mir mit meinem Ebenbild im Wassser. Mein Gott, dachte ich, bin ich häßlich im Wasser. Ich konnte gar nicht wegsehen vor Entsetzen. Ich fragte: Wo kommst du her? Ich sagte: Von der Peer-Alm. Und wo hast du deinen Hunger gestillt? So fragte ich weiter. Bei Frau Peer, sagte ich. Und ich fragte: Was kocht denn die? Mhm! Ich verdrehte die Augen und schrie. Darauf stampfte mein Ebenbild auf mich. Ich rede nicht mehr mit dir, sagte ich und stampfte wieder auf mein Ebenbild, damit es verginge. Da mußte ich leider bemerken, daß ich mich getäuscht hatte: Das war nämlich gar kein Ebenbild, sondern ein anderes, totes Schaf im Bach. Hab mich nie wieder dafür interessiert.

Es kam schon vor, daß ich anderen Schafen begegnete, vornehmlich einem Weibchen. Die roch ganz anders als ich. Nein, die roch einfach nicht, die stank. Riechst du dich denn nicht, fragte ich sie. Wieso? Wieso, entgegnete sie mir. Du stinkst wie die Pest. Sie meinte mich. Ich und stinken! Wer stinkt da, sagte ich. Du! Du stinkst, behauptete ich, weil ich meiner Wahrnehmung einfach Ausdruck geben mußte. Sie war beleidigt. Wieso bist du beleidigt, fragte ich sie, da ich doch beleidigt sein könnte. Ich merkte, wie ich beleidigt wurde. Wenn da nicht etwas stärker gewesen wäre, wäre ich schon jetzt tief beleidigt abgezogen. Als ich sie gevögelt hatte, sagte ich: Glaub bloß nicht, daß ich nicht mehr weiß, was mir an dir nicht gefallen hat. Erst jetzt ging ich.

Seit ich in der Stadt bin, gehe ich die Straßen lang, das habe ich gelernt. Auch daß ich an den Tod denke. Wenn so eine Straßenbahn neben mir fährt, so langsam, damit ich mitfahre, sage ich: Fahre du hin, wohin du willst! Ich kann mir die Straßennamen nicht merken. Die Franziskanerstraße kenne ich. Aber wo die ist? Bevor ich sterbe, denke ich lieber an Essiggurken. Ich sterbe nicht, sage ich dann. Und wenn ich an Essiggurken denken müßte. Deren Geschmack mag ich nicht. Bevor ich sie gegessen habe schon sehr, aber dann nicht. Und wenn ich sterbe, dann soll man nicht mehr so über mich hinwegtrampeln. So kann man nämlich auf einer Essiggurke nicht herumtrampeln wie auf mir, denn auf einer Essiggurke könnte man ausrutschen, davor haben die Menschen Angst, und hinfallen.

Hotel Blauer Bock

Beim Film habe ich des öfteren mitgearbeitet, mir mein Heu zu verdienen. Aber es haben mich alle angetastet, das wollte ich eher nicht. Ein wirklicher Wunsch wäre mir, auf einem Berg zu verschwinden. Aber auf einem höheren Berg als in Navis, wo man aufpassen mußte, nicht herunterzustürzen. Ich möchte mindestens auf das Matterhorn, das ein Berg aus Afrika ist, habe ich mir sagen lassen, der auf der europäischen Gebirgsmasse der Alpen ruht und herausragt. Dort oben möchte ich als Wolke verschwinden in einem blauen Himmel. Nicht als Schaf und nicht als Eisbär. Als Wolke, weiß wie immer. Weg von diesem Nebelmeer –

In einem gelben Himmel zu verschwinden, kann man sich vorstellen, aber nicht schön, nicht schön ist das. Hinter dem Gelb vermutet man ja immer noch was. Was weiß der Kuckuck, wo das Gelb herkommt. Hätte gern ein Kind gehabt. Zu sagen: Hallo, du! Du, hole mir doch mal den kleinen roten Bären. Und das Kind kapiert das und holt den kleinen roten Bären und gibt ihn mir. Nicht zu fassen, nicht zu fassen wäre das. Für so ein Kind wäre auch der blaue Himmel geschenkt. In einem warmen Zimmer, wo es nackt herumlaufen kann. Aber schon mit Windel. Was habe ich bei den Menschen mitgemacht, mit meiner Scheißerei in ihren Wohnräumen!

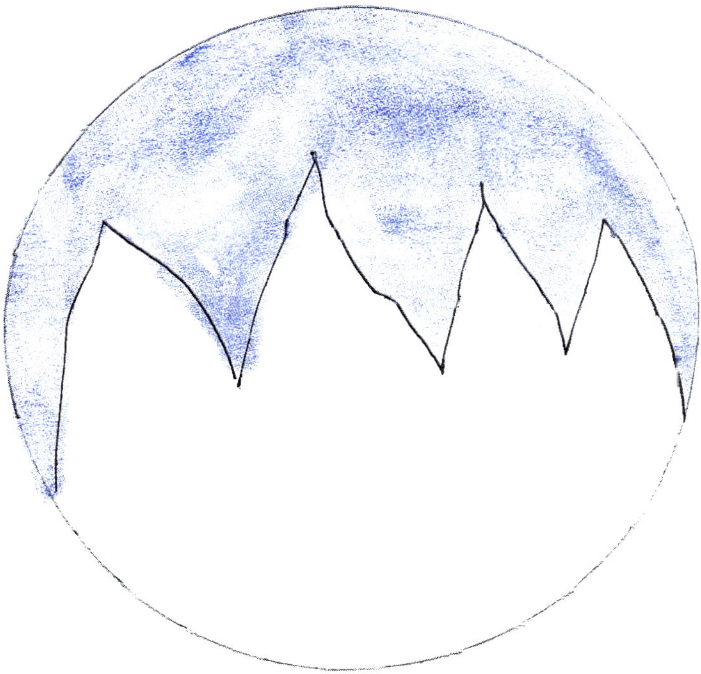

Aber so –

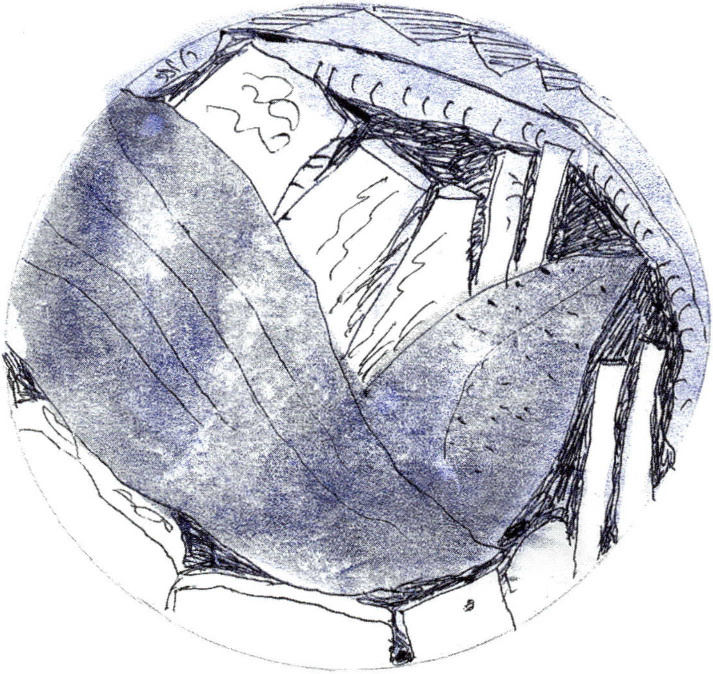

Aber, wenn ich das so sagen darf: Ich habe das schon mitgekriegt, daß man sich nur mit Widernatürlichem profilieren muß. Wörter, Wörter, Wörter und wieder Wörter. Und die bauen sie dann zu Gebäuden auf. Nur selten stürzen dann diese Gebäude zusammen, aber schon manchmal. Und es kommt vor, daß diese dann alles unter sich begraben und zermalmen. Ich kann da nicht mitbauen. Meine Zunge hängt in den Traum meines dunklen Schädels hinein, und wenn sie nicht rot wäre, sagte ich, sie ist wie eine kleine Wiese, meine Zunge.

Aber so – mit diesem länglichen Schädel, der sich immer nur zum Grasfressen gestreckt hat, ist mir schon eine jede Zahl ein Greuel. Ein Menschenschädel ist immer erkennbar. Sofort zu unterscheiden von dem eines Affen oder eines Frühmenschen. Ich habe mir sagen lassen, daß man vor noch nicht allzulanger Zeit auch Tiere in die Menschengräber getan hat. Und dann hat man wieder ihre Knochen gefunden. Aber jetzt kommt es: Die Gelehrten streiten sich oft darüber, ob es sich bei so einem Skelett um eines von einem Schaf handelt oder von einer Ziege. Da bleibt einem kein Hauch von einem Schicksal!

Ich hätte gern was gelernt, den verschiedenen Gang der Tiere zu benennen. Mit einem runden Kopf soll das alles gehen. Diese Menschen haben ja sogar mit ihrem Kopf gelernt, Straßen zu bauen. So werden immer mehr Straßen gebaut, damit die Menschen nicht untergehen. Viele fliegen wegen dieser Unsicherheit auf der Erdoberfläche schon. Bald werden alle fliegen. Ich denke immer gerner an Navis, wo es nur eine Straße gab zum Überqueren. Hätte mir gerne einen Kopf aufgesetzt zum Rechnen.

Ich kann mich anstrengen, wie ich will, das Wichtigste fehlt mir immer, wie das Toilettenpapier, nachdem man naß geschissen hat. Mir fehlt es ja weiter nicht... Aber wenn man um sich sieht, in einer großen Stadt wie dieser, schaut! Schaut! Welche Mühe ihr mit euren Toiletten habt, als veranstaltet ihr einen Ringkampf. Woanders hackt man die Hände ab für den fälschlichen Gebrauch der rechten Hand. Was habt ihr denn verloren, was ihr in euren Toiletten wiederzufinden hofft?

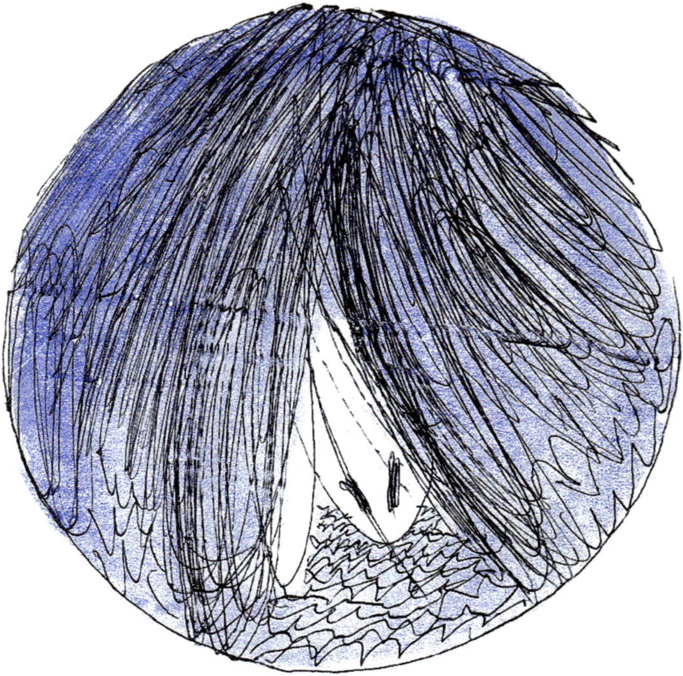

Ich bin da drinnen und schlafe gut.

Das Hirn wird auch schön sein. Manchmal fährt ein Segelboot hinein, und es sieht ganz so aus, daß es das nur tut, um gleich wieder herauszusegeln.

Ein Segelboot auf der Zunge zu halten, bedeutete ja, nicht mehr zu atmen. Es einzuatmen – oder es wegzuschnaufen, das ist wohl alles Unsinn.

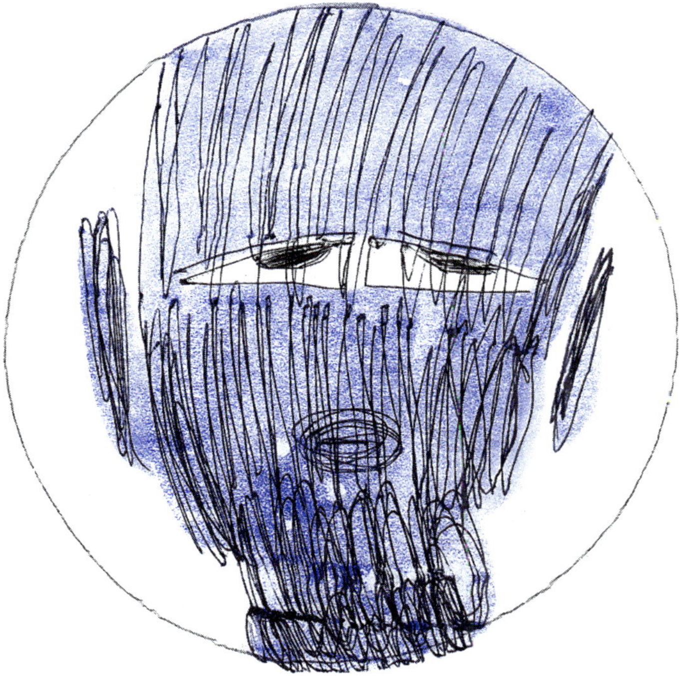

Obwohl die Menschen pausenlos denken, bringen sie kaum zusammen, was sie möchten.

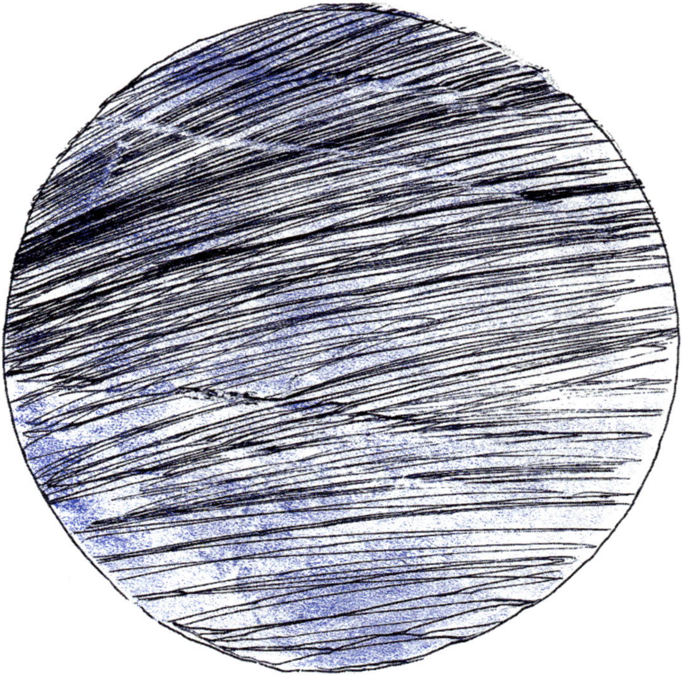

Ich ging einmal an dem HOTEL BLAUER BOCK im Frühjahr vorüber. Es war heiß, und meine Winterschuhe waren nicht viel schwerer als mein Körper. Das dauerte, bis ich den Platz erreichte, wo neuerdings eine schon ziemlich große Platane steht.

Als ich hörte, daß es im Nachbartal kein Schaf mehr geben soll, stellte ich mich auf einen Schneemann und hielt nach einem Schaf auf der Wolke über mir Ausschau.

Was soll eigentlich ein Schaf? Ich habe gehört, daß der Berg über der Autobahn Zentis heißt, oder so ähnlich.

Ein jedes Lebenwesen kann man eigentlich in eine Konservendose stecken.

Wer sich freut, hält den Himmel.

Inhalt